I0613824

NDEYNES & FILS/

HISTOIRE
DE SAINTE REINE

VIERGE ET MARTYRE,

Par l'abbé Romeuf.

Quasi meridianus fulgor consurget tibi ad vesperam.
Deprecabuntur faciem tuam plurimi; oculi autem impiorum deficient.

Votre gloire étincellera vers le soir de l'éclatante clarté du midi.

La multitude des fidèles vous offrira ses vœux, et l'impie sera confondu. (Job, XI.)

PRIX : 50 CENT.

AU PROFIT DE LA CHAPELLE.

Clermont-Ferrand,
A LA LIBRAIRIE CATHOLIQUE.
Rue du Terrail.
1854.

HISTOIRE
DE SAINTE REINE
VIERGE ET MARTYRE.

HISTOIRE
DE SAINTE REINE

VIERGE ET MARTYRE,

Par l'abbé Romeuf.

Quasi meridianus fulgor consurget tibi ad
eram.
...abuntur faciem tuam plurimi; oculi
impiorum deficient.
...e gloire étincellera vers le soir de
l'écl... te clarté du midi.
La... ultitude des fidèles vous offrira ses
vœux, et l'impie sera confondu. (Job, XI.)

PRIX : 50 CENT.

AU PROFIT DE LA CHAPELLE.

Clermont-Ferrand,
A LA LIBRAIRIE CATHOLIQUE,
Rue du Terrail.
1854.

INTRODUCTION.

Ad majorem Dei gloriam,
A la plus grande gloire de Dieu.
(Saint IGNACE.)

En consacrant quelques instants à la tâche
que nous nous sommes imposée, nous n'avons eu
d'autre but que de travailler à la gloire de Dieu
et à l'édification de ceux qui liront ce petit ouvrage. Nous n'avons nullement la prétention de
nous placer à côté des hommes qui ont quelque
mérite dans l'art si difficile de penser et d'é-
crire. Dieu départit avec sagesse ses dons et ses
lumières : à l'un il donne dix talents, à l'autre
cinq, à un troisième deux seulement. Ce qu'il
demande de nous, c'est que chacun les fasse
fructifier selon la mesure qu'il a reçue. Nous
éviterons avec soin les formes du néologisme et
la recherche des expressions, parce que le sujet
que nous traitons demande un style simple et
mis à la portée de tout le monde; enfin notre
livre n'aura d'autres ornements que ceux qu'il
empruntera à la vérité des faits, toujours pui-
sés à une source authentique.

Au reste, nous protestons dès notre début, ainsi qu'il est de notre devoir, et conformément au décret du pape Urbain VIII, de sainte mémoire, que nous ne prétendons donner plus d'autorité et de valeur à cet opuscule que ne lui en donneront nos supérieurs ecclésiastiques, dont le jugement sera toujours la règle de notre conduite.

Le culte de sainte Reine est un des plus anciens dans l'Église des Gaules. Dès que les Barbares du cinquième siècle eurent rendu quelque repos à la nouvelle patrie qu'ils venaient de conquérir, les Chrétiens accoururent en foule vers Alise, où la dépouille mortelle d'une sainte martyre avait été découverte d'une manière miraculeuse. « Cette ville, dit une vieille chronique, a été de tout temps et est encore très-célèbre, non tant à cause de son antiquité, qu'à raison du sang de sainte Reine, qui la rend aujourd'hui l'une des plus illustres de la terre. » De tout côté, en effet, on venait invoquer le secours de l'Auguste protectrice; et les ducs de Bourgogne, plus puissants que les rois de France, leurs suzerains, ne mettaient jamais leurs armées en campagne sans avoir imploré, par de ferventes prières, *les bonnes grâces de leur bien-aimée patronne.* Plus d'une fois on les vit quitter la capitale de leurs vastes états et venir, à la suite d'un brillant cortége, déposer eux-mêmes sur ses autels le gage de leur piété et de leur reconnaissance. Ce n'étaient pas seulement les riches et les grands qui se montraient généreux et pleins de zèle ; la pauvre mère faisait aussi sa modique offrande et venait prier pour la conservation des jours de son époux, et demander pour ses enfants la crainte et l'amour du Seigneur. La foi naïve de ces temps reculés opérait des merveilles, et le Ciel accordait les grâces les plus abondantes à tous ceux qui invoquaient le nom de la sainte ou qui avaient le bonheur de visiter le sanctuaire qu'on avait élevé à l'endroit où s'était consommé son glorieux martyre. « Car, ajoute la chronique que nous avons déjà citée, de ce sang est émanée une fontaine, l'eau de laquelle guérit les maladies, rend l'ouïe aux sourds, illumine les aveugles et efface les taches de tous ceux qui s'y baignent par esprit de religion, comme autrefois les ondes du Jourdain purifièrent le lépreux Naaman, qui s'y baigna sur la parole du prophète Élisée. »

Bientôt la dévotion de sainte Reine ne se borna plus à la province qui l'avait vue naître. De temps immémorial, on célébrait à Paris, dans l'église de Saint-Eustache, une translation solennelle qu'on avait fixée au dimanche de la Sexagésime ; et l'éclat de cette fête, où la cour elle-même assistait en grande tenue, contrastait singulièrement avec la sévérité des jours de pénitence que les Chrétiens d'alors observaient avant de commencer la sainte quarantaine.

Plus tard, en 1608, le pape Paul V établit dans la même église une célèbre confrérie, où les dévotieux bourgeois de cette ville regardaient comme un honneur de se faire inscrire à côté du vilain et du rôturier dont les noms figuraient sur les parois de la chapelle où se tenaient les réunions. Ce n'était pas le seul endroit de Paris où sainte Reine fût invoquée : il y avait aussi sous son patronage une nombreuse association dans l'église de Saint-Paul; et comme la confiance qu'on avait en elle prenait encore de l'extension, on bâtit en son honneur une église particulière dont elle devint titulaire.

L'Angleterre, cette île des saints, n'avait pas été la dernière à se mettre sous la protection de l'auguste martyre; il est même probable que son culte s'y introduisit longtemps avant le huitième siècle, puisque le vénérable Bède en parle à cette époque comme d'une dévotion accréditée et florissante. C'était de ce pays qu'un riche négociant français avait apporté une image de sainte Reine, aussi remarquable par son antiquité que comme objet d'art. Il en fit présent à la confrérie dont nous avons parlé plus haut, et elle fut en grande vénération à Saint-Eustache jusqu'en 93, à cause des nombreux miracles qui s'y étaient opérés.

Quelques Allemands, exégètes modernes, ont prétendu que le corps de sainte Reine avait été enlevé de Flavigny et transporté à Osnabrück en Westphalie, vers le milieu du septième siècle; mais cette assertion est dénuée de tout fondement, le corps de sainte Reine n'ayant été transféré à Flavigny que sous Charles-le-Chauve, en 864, comme nous le verrons plus tard en parlant de cette translation. Quoi qu'il en soit, il est certain que l'église d'Osnabruck possédait plusieurs reliques insignes de la sainte, puisqu'un Cordelier de l'Observance, se trouvant à Münster, à la suite du duc de Longueville, plénipotentiaire de France pour la paix de 1648, obtint de l'évêque d'Osnabrück et de son chapitre un os du bras que l'on tira de la châsse de sainte Reine, et qu'il donna au couvent de son ordre nouvellement établi dans Alise.

Il est facile de comprendre maintenant de quelle manière le culte de sainte Reine s'est introduit au sein de nos montagnes. La pauvreté du sol a ouvert de tout temps la route à de nombreuses émigrations, et il a fallu demander à des contrées plus heureuses une subsistance que la nature avait refusée à un climat moins favo-

risé. Qui ne sait cependant que nos bons aïeux,
en quittant leur pays, n'avaient pas moins de
zèle pour amasser de saintes richesses, des trésors spirituels, que nous en avons aujourd'hui
pour entasser une matière périssable et souvent
funeste à la vertu ? Ce n'était pas seulement
pour repousser les hordes barbares qui avaient
profané le tombeau du Christ, que les Croisés
avaient quitté leur patrie et renoncé aux joies
de leurs familles ; ils voulaient encore enrichir
leurs temples des dépouilles sacrées de l'Orient.
Témoin ces preux chevaliers de la quatrième
croisade, qui firent plus de cas de la poussière
d'un tombeau que des richesses de la ville de
Constantin et des rubis de sa couronne impé-
riale. Tel était donc le but de ces pieuses ex-
cursions au dehors du foyer domestique ; et à
leur retour, les pèlerins racontaient les prodiges
dont ils avaient été témoins, et que le Ciel avait
souvent opérés en leur propre faveur. Ils montraient avec bonheur une image vénérée ; ils por-
taient avec eux quelques parcelles d'une précieuse relique, et pour les recevoir, on s'empressait de bâtir ces modestes oratoires que l'on
rencontre encore çà et là au pied d'une haute
montagne, sur le penchant d'une verte colline
ou bien au sein d'un immense vallon. C'est ainsi
que la piété de nos pères érigea dans la paroisse

de Virargues la chapelle qu'ont réédifiée de nos jours et le zèle du pasteur et la générosité des familles.

Si nous consultions une tradition populaire qui se perd dans la nuit des temps, nous trouverions une origine tout à fait semblable à celle que nous venons d'indiquer, et qui n'en diffère que par quelques circonstances de détail. Voici le résultat de nos recherches à cet égard.

Deux jeunes gens du village d'Auxillac, atteints depuis sept ans d'une fièvre éruptive, avaient en vain cherché des moyens de guérison en invoquant les secours de la science ; le mal n'avait fait qu'empirer, et de violentes attaques de nerfs étaient parfois la suite d'une maladie qui était passée chez eux à l'état chronique.

Obligés de quitter le pays pour des motifs qui nous sont inconnus, ils demeurèrent quelque temps en Bourgogne, où ils apprirent les faveurs sans nombre que le Ciel accordait par l'intercession de sainte Reine. Sollicités à leur tour par ceux qui avaient déjà obtenu des cures merveilleuses, ils firent le pèlerinage d'Alise, et après quelques jours de retraite, ils en revinrent entièrement guéris. Pleins de reconnaissance pour ce bienfait, ils se procurèrent une statue de la sainte qu'ils enrichirent de quelques-unes de ses reliques, et ils revinrent ainsi au milieu de leurs compatriotes chargés de leur riche trésor.

Le bruit de leur arrivée, et plus encore la nouvelle du miracle qui s'était opéré en leur faveur, se répandit avec rapidité dans tous les environs et excita en peu de temps une grande confiance envers sainte Reine. Bientôt on parla de lui élever une chapelle, et déjà deux villages s'étaient chargés d'en supporter les frais, lorsque les habitants de Virargues, craignant de voir dans la paroisse un démembrement qui nuirait à leurs intérêts, s'opposèrent de toutes leurs forces à ce généreux dessein. Il y eut de part et d'autre de vives discussions. Des plaintes contradictoires furent portées à Saint-Flour, et Mgr l'Evêque se vit obligé de se transporter sur les lieux pour rendre justice à qui la méritait. Il se rendit d'abord à Virargues, où il offrit à cette intention le saint sacrifice de la messe ; et après avoir entendu les deux partis, il était sur le point de se prononcer pour le chef-lieu de la commune, lorsqu'un avertissement d'en haut le fit revenir sur la décision qu'il avait prise. Il vit pendant son sommeil trois dames qui s'avançaient vers lui d'un pas majestueux ; leur aspect était sévère, et tous leurs traits empreints d'une profonde mélancolie. C'était la sainte Vierge et sainte Anne qui, lui montrant sainte Reine qu'elles tenaient par la main, réclamaient en son honneur le sanctuaire qu'on lui refusait avec tant d'obstination. Le prélat reconnut humblement sa faute et promit de seconder de tout son pouvoir l'érection de la nouvelle chapelle. Et d'ailleurs, d'autres prodiges vinrent confirmer la vision qu'il avait eue la veille. S'il faut en croire la même tradition, que nous copions ici textuellement sur un vieux manuscrit qui nous a été communiqué, « ils partirent (Mgr l'évêque et sa suite), afin de voir la distance qui était entre Virargues et Auxillac, vu qu'on se plaignait d'incommodité pour la messe. Étant en chemin, il se mit à neiger comme au plus fort de l'hiver ; Monseigneur, le curé et tous les autres étaient fort étonnés de ce grand miracle, parce que la saison était bonne : c'était au mois de juillet. Arrivés sur les lieux, ils trouvèrent les fondements posés et une fontaine d'eau à côté qui n'y était pas avant. Dès lors, Monseigneur leur donna ordre de continuer les travaux. »

Cette légende est pleine de merveilleux, comme il est facile de s'en convaincre en la parcourant. Devons-nous lui donner un assentiment complet, comme si elle était revêtue d'une authenticité irréfragable ? A Dieu ne plaise que nous regardions comme certain ce qui manque de critique sérieuse et ce qui est entièrement

dépourvu du sceau d'une autorité compétente !
L'Église de Jésus-Christ n'a pas besoin de s'appuyer sur le doute, encore moins sur le mensonge, pour propager la vérité dont elle est la colonne inébranlable; mais nous avons pensé que ces pieuses croyances seraient propres à nourrir l'esprit de ces personnes que le Sauveur a appelées heureuses, à cause de la simplicité de leur cœur : *Beati pauperes spiritu.*

Et qu'à ces mots l'orgueil du savant ne se scandalise pas. Les discours sublimes, dit l'auteur de *l'Imitation,* ne font pas l'homme juste et saint; mais une vie pure rend cher à Dieu. Et ailleurs : Un humble laboureur qui sert Dieu est certainement bien au-dessus du philosophe superbe qui, se négligeant lui-même, considère le cours des autres.

Au reste, pour nous arrêter à une particularité du miracle que nous avons rapporté, ce ne serait pas la première fois qu'une neige abondante aurait paru sur la terre dans une saison insolite.

A Rome, sous le pontificat du pape saint Libère, vers l'an 352, le patrice Jean, n'ayant pas d'enfant à qui il pût laisser son immense fortune, fit vœu de la consacrer à la sainte Vierge; en la priant de lui indiquer l'œuvre spéciale qui pourrait lui être le plus agréable. Son désir fut exaucé, et Jean eut une vision où la mère de Dieu lui apparut pour lui dire qu'elle accepterait avec gratitude un temple qui serait dédié en son honneur ; et le lendemain, 5 août, le mont Esquilin, où devait se bâtir la nouvelle basilique, fut couvert d'une épaisse couche de neige (*Légende de Notre-Dame-aux-Neiges*).

Nous avons cherché en vain la date précise de la fondation de la chapelle de sainte Reine. Néanmoins, le style toscan, dit rustique, employé dans le frontispice, nous porterait à croire qu'elle remonte au quinzième siècle, puisque ce fut à cette époque que ce genre d'architecture fut renouvelé en France dans les monuments du second ordre. Quoi qu'il en soit de ces conjectures, il est certain que sainte Reine de Virargues était célèbre longtemps avant la révolution.

Sous le règne de Louis XV, une dame de qualité, atteinte d'une maladie dangereuse, avait été abandonnée par tous les médecins de la capitale. Cette femme, voyant que tout espoir de guérison était perdu pour elle, si Dieu lui-même ne la tirait de ce triste état, chercha un secours plus efficace dans la protection de celle qui déjà avait manifesté tant de fois sa puissance. Son attente ne fut point trompée : après une neuvaine de prières qu'elle fit faire dans les endroits où sainte Reine était honorée d'un culte particulier,

son mal disparut tout-à-coup, et elle fut rendue
à une santé parfaite. Cette dame ne fut point
ingrate envers sa bienfaitrice; elle écrivit à M. le
curé de Virargues pour lui faire connaître la
faveur qu'elle venait de recevoir, et sa lettre fut
suivie d'un riche présent.

Pour avoir une idée de l'extension qu'avait
prise la dévotion de sainte Reine dans notre
pays, et de la grande confiance qu'avaient en
elle les religieux habitants de nos campagnes,
il suffit de se rappeler que toutes les paroisses
du canton s'y rendaient en procession le jour
de la principale solennité, ou pendant l'octave,
lorsqu'un motif quelconque avait ajourné le départ. A cette occasion, nous rapporterons une
anecdote qui ne sera pas sans intérêt, et qui
nous fera connaître la simplicité sainte, comme
l'appelle un auteur, de ces temps, hélas! si loin
de nous.

Les habitants de Cheylade convoitaient depuis longtemps une statuette qui ornait l'un des
autels de sainte Reine. Plus d'une fois ils
avaient formé le projet de l'enlever et de l'em-
porter en triomphe dans l'église de leur paroisse;
mais un imprudent dévoila le complot, et sur-
veillés de près, ils ne pouvaient que difficile-
ment venir à bout de leur dessein. Une fois
pourtant ils commirent leur pieux larcin. Tou-

tefois, que de regrets devait leur coûter cette téméraire entreprise ! L'année suivante, quand ils revinrent, selon l'usage, pour satisfaire à leur dévotion, il leur fut défendu de pénétrer dans le sanctuaire qu'ils avaient si indignement profané, et plus tard, ils ne furent admis à visiter la chapelle qu'après avoir rendu la statue qu'ils avaient enlevée et avoir fait amende honorable : encore fallut-il avoir recours à l'autorité supérieure pour lever l'espèce d'interdit qu'ils avaient encouru.

Une touchante pensée se présente ici à l'esprit de celui qui aime à se transporter vers ces époques où la religion exerçait une si douce influence. Près de la chapelle de sainte Reine, comme à côté de presque tous les oratoires du moyen âge, jaillissait une onde pure et abondante, image naturelle et sensible des eaux de la divine grâce qui sanctifient les âmes et rafraîchissent les cœurs ! C'était autour de ces fontaines, sous des touffes de verdure, véritables oasis pour le Chrétien qui voyage loin du Seigneur, *Peregrinamur à Domino*, que nos pères dans la foi venaient se réunir en famille et partager une nourriture frugale, il est vrai, mais si bien assaisonnée par la pureté des mœurs et la naïveté des récits !

Telle était sainte Reine, lorsqu'arriva la tourmente révolutionnaire qui détruisit son temple et fit cesser la pompe de ses fêtes. La chapelle fut vendue comme bien national, et la plupart de ses ornements devinrent la proie d'avides sacriléges. Les reliques et la statue de la sainte furent cependant sauvées par des personnes dévouées à la bonne cause, et après la nouvelle construction de l'édifice, elles ont été rendues à la piété et à la vénération des fidèles.

Nous croyons opportun de placer à la suite de cette introduction quelques mots sur l'invocation des saints et le culte des reliques, afin d'éclairer notre piété, qui doit être raisonnable, selon les paroles de l'Apôtre : *Rationabile obsequium nostrum.*

INVOCATION DES SAINTS.

*In memoria æternâ erit justus :
ab auditione mala non timebit.*

La mémoire du juste sera éternelle : il ne craindra pas qu'elle
soit ternie par des discours in-
jurieux. (Ps. CXI.)

Sans doute, il n'y a qu'un médiateur entre le ciel et la terre, le sauveur Jésus ; sans doute au roi immortel des siècles et à lui seul la puissance sur toutes choses, l'adoration de toute créature, l'amour de tous les hommes ; mais gloire et honneur aussi à ceux que Dieu a comblés de ses grâces, et qui ont été les fidèles observateurs de sa loi sainte.

Rien de plus légitime que le culte des saints, rien de plus conforme aux besoins de notre cœur. Eh quoi ! nous honorons ici-bas les grands de la terre, nous élevons des arcs de triomphe sur leur passage, et nous n'honorerions pas ceux qui nous ont devancés dans la céleste Jérusa-

lem, et que le Seigneur y réjouit de sa présence ?
La patrie a un culte pour ses enfants qui ont
bien mérité d'elle; elle leur tresse des couronnes;
elle leur élève des statues, et nous n'aurions
pas des autels pour ces âmes vertueuses que
leur siècle a vues pleines de jours et de bonnes
œuvres ; pour ces justes qui, comme leur maître,
passèrent parmi nous en faisant le bien, et dont
les touchants exemples nous parlent encore au-
delà du tombeau ! *Defunctus adhuc loquitur*
(Epître aux Hébreux).

Et qu'on ne dise pas que l'honneur rendu
aux saints déroge au culte que nous devons à
Dieu. Non, dit le prophète, Dieu est admirable
dans ses saints ; et Tobie nous assure que c'est
rendre hommage à sa puissance et à sa bonté
que de faire connaître les faveurs extraordinaires qu'il répand par leur entremise sur son
peuple chéri.

Et ailleurs , dans les divines Ecritures, Dieu
ne nous fait-il pas connaître la sainte violence
que font à son cœur les prières de ses élus, lorsqu'il dit à Jérémie : Je suis indigné des désordres de mon peuple, et quand même Moïse et
Samuel intercéderaient pour eux, mon âme s'est
détournée de leur affection ? Saint Pierre, averti
par Jésus-Christ lui-même qu'il sera bientôt délivré de ses liens terrestres, ne rassure-t-il pas

ses chers néophytes et ne leur promet-il pas de venir les visiter souvent après sa mort, afin de les maintenir par sa présence dans leurs bonnes résolutions ?

Nous pourrions multiplier ces passages de l'ancien et du nouveau Testament, qui supposent tous évidemment que les saints connaissent nos besoins, qu'ils s'intéressent à nous et que Dieu s'est pour ainsi dire reposé sur eux, ainsi que sur les anges, du soin de notre salut : *Angelis suis mandavit de te.*

Si nous consultons la tradition sur le culte des saints, saint Jérôme est là qui répond à l'impie Vigilance : « Si les Apôtres et les martyrs, encore revêtus d'un corps, et dans l'obligation de prendre soin de leur salut, peuvent prier pour les hommes, à plus forte raison ils peuvent le faire après avoir remporté la victoire et avoir été couronnés. »

Moïse, qui seul obligeait Dieu à pardonner à six cent mille combattants, et saint Etienne, le premier des martyrs, qui imita si parfaitement Jésus-Christ en demandant le pardon de ses bourreaux, auront-ils moins de pouvoir étant avec le Sauveur qu'ils en avaient en ce monde ? Saint Paul, qui assure que Dieu lui a accordé la vie de deux cent soixante-seize personnes qui naviguaient avec lui, fermera donc la bouche quand il sera dans le ciel, et il n'osera pas dire un mot pour ceux qui ont reçu l'Evangile sur toute la terre?

L'Église, qui est la dispensatrice des mystères de Dieu, garde un ordre admirable dans la distribution des honneurs qu'elle rend à ses membres glorifiés. Après l'adoration qu'elle doit à son divin Epoux, elle dresse des autels à Marie, parce qu'elle est le chef-d'œuvre des mains du Tout-Puissant, et qu'elle enfanta son Sauveur à la terre; elle célèbre avec une pompe particulière la fête des Apôtres, parce que les premiers, ils annoncèrent la bonne nouvelle aux peuples qui étaient assis dans les ténèbres et à l'ombre de la mort; puis elle chante les combats et les triomphes de ces glorieux athlètes qui ont versé leur sang en témoignage de leur foi; enfin, elle redit sans cesse les louanges de cette armée innombrable, formée de toute langue et de toute nation, qui s'avance vers le trône de l'Agneau, revêtue de tuniques blanches et portant dans ses mains les palmes de la victoire!

CULTE DES SAINTES RELIQUES.

Custodi innocentiam et vide æquitatem : quoniam sunt reliquiæ homini pacifico.

Conservez l'innocence, et ne perdez jamais de vue la justice; car elles demeurent vénérées, les reliques de l'homme qui sut avoir la paix avec Dieu et avec ses frères (Ps. XXXVI.)

Non-seulement l'Église honore et invoque les saints, elle rend encore un culte à leurs dépouilles mortelles.

Pourquoi s'étonner de voir la plus tendre des mères conserver avec vénération les restes de ses enfants qui sont passés du lieu de leur exil dans le séjour de rafraîchissement, de lumière et de paix? Pourquoi s'étonner de la voir descendre dans un minutieux détail, lorsqu'elle enveloppe d'étoffes de prix, lorsqu'elle enchâsse dans les plus riches métaux les ossements de ces hommes vertueux qui furent la gloire et l'édification de la grande famille chrétienne? Pourquoi s'étonner, en un mot, de la voir inviter ses enfants, qui n'ont pas encore parcouru leur terrestre carrière, à venir s'animer à la pratique des bonnes œuvres auprès du tombeau qui renferme de si précieux souvenirs? Quel est le cœur reconnaissant et fidèle qui ne tressaille au seul nom d'un ami, d'un bienfaiteur descendu dans la tombe, et qui ne croit les retrouver en approchant du lieu où reposent leurs cendres chéries? Je le sais, les esprits forts, car il y en a dans tous les temps, ne peuvent s'abaisser à de si petites choses; et pourtant, voyez grandir aux yeux de la foi ce culte d'amitié fraternelle et de piété toute filiale! voyez comme la religion l'ennoblit et l'élève, comme elle en fait un devoir sacré! Que sont, en effet, aux yeux du Chrétien, les ossements de ses vénérables aïeux, sinon les membres mêmes de Jésus-Christ, et les tabernacles vivants où il aima à faire sa demeure? membres qui seront un jour ranimés par l'esprit de Dieu, et qui, transfigurés à la ressemblance du corps glorieux du Sauveur, brilleront comme des étoiles dans les éternités perpétuelles (1)!

1) *In perpetuas æternitates* (Isaïe).

Et voilà pourquoi, dit un pieux auteur, l'Église les ensevelit sous la pierre sacrée où s'immole tous les jours la victime sans tache. Elle les environne de flambeaux et fait brûler l'encens en leur honneur; elle les expose solennellement à la vénération des fidèles et les porte en triomphe dans les rues et les places publiques: souvenir touchant de leurs épreuves ici-bas, emblème mystérieux de leur gloire à venir; culte admirable qui honore les saints dans leurs pieuses reliques, et dans les saints le Dieu qui les éleva par sa grâce au sommet de la sainteté!

Et n'écoutez pas ceux qui vous disent que ce culte est nouveau dans l'Église... Non, il n'est pas nouveau dans l'Église; il remonte aux premiers jours du christianisme, on le voit même établi dans la loi judaïque; disons plus, il est aussi ancien que le monde, puisque c'est un sentiment naturel que la religion autorise et sanctifie.

Ouvrons les livres saints. Moïse emporta les os de Joseph, lorsqu'il sortit de l'Égypte. Josias était plein de respect pour le corps des prophètes. Les os d'Elisée et les habits de saint Paul opérèrent les plus étonnantes merveilles.

La tradition n'est pas moins uniforme à cet égard, et nous savons que les Chrétiens qui

2

accompagnèrent saint Ignace dans le lieu de son martyre, recueillirent avec précaution ce qui resta de ses ossements. Ils les mirent dans une châsse, gardant ce dépôt comme un trésor inestimable, et tous les ans ils s'assemblaient le jour de son martyre pour se réjouir au Seigneur de la gloire de ce saint.

Disons donc anathème, avec le concile de Trente, à quiconque ose dire qu'aucun honneur n'est dû aux reliques des saints, et que c'est en vain que les fidèles les vénèrent dans l'espérance d'en obtenir du secours.

Heureux le Chrétien attentif à leur apporter le tribut de ses hommages et de ses vœux! Plus heureux encore celui qui imite leurs vertus et marche sur les traces de leurs exemples!

HISTOIRE
DE SAINTE REINE.

CHAPITRE PREMIER.

Naissance et premières années de sainte Reine.

Proverbium est : adolescens juxta viam suam, etiamsi quum senuerit, non recedit ab eâ.

Préparez le cœur de l'enfant à l'entrée de sa carrière, et il ne s'éloignera point de la sagesse, même dans ses derniers jours (Prov., XXII, ỹ. 6).

Dans le diocèse d'Autun, et non loin de Flavigny, se trouve une petite ville appelée aujourd'hui Sainte-Reine, mais plus connue autrefois sous le nom d'Alesia, et célèbre dans l'histoire ancienne, par l'héroïque résistance qu'elle opposa à César, lorsque ce général faisait la conquête des Gaules, cinquante-deux ans avant Jésus-Christ. C'est là que naquit, vers l'an 238 de l'ère chrétienne, l'illustre martyre dont nous essayons de rapporter l'édifiante biographie.

Issue d'une des plus anciennes familles de la province romaine, Reine possédait, du côté de la naissance, tous les avantages que l'on peut désirer selon les vues du monde. Son père, nommé Clément, était riche en biens et en esclaves; il avait servi avec succès dans les guerres de l'empire; et lorsqu'il eut quitté l'aspect des camps pour retourner au milieu des siens, là encore il se vit comblé des faveurs et des bonnes grâces de son maître, qui lui confia une partie de l'administration d'Alise. Mais les princes, quelque puissants qu'ils soient, ne peuvent disposer que des honneurs et des dignités de l'Etat; la voix du peuple proclame seule la véritable gloire; et voilà pourquoi rien ne put égaler, dans l'estime de Clément, la reconnaissance et les louanges sincères de ses concitoyens, qu'il avait aimés et défendus, et dont il eut toujours à cœur les intérêts les plus chers.

Nous ignorons le nom et l'origine de sa

mère ; nous savons seulement qu'elle avait apporté une riche dot à son époux avec le sang noble qui coulait dans ses veines. Toutefois, d'une santé débile et d'une constitution délicate, elle ne put survivre aux premières épreuves de la maternité ; et par une de ces vicissitudes qui traversent si souvent le cours de notre fragile existence, elle devait trouver la mort au moment même où elle donnait le jour à son enfant. Reine avait à peine un mois lorsqu'elle perdit sa mère : *Nondum mensem nata.*

Ceux qui attribuent les événements d'ici-bas à une puissance aveugle, ne manqueraient pas de regarder cette perte comme une rigueur de cette Providence qu'ils appellent sort ou destin.

Une plus juste appréciation y découvrirait peut-être une faveur particulière, le bienfait de la foi, que la divine bonté ménageait à cette famille, dans le dernier rejeton qui devait la représenter. Qui doute, en effet, que Reine n'eût sucé, avec le lait de l'enfance, la semence des erreurs qui

étaient alors universellement répandues,
si elle avait été élevée sur les genoux d'une
mère païenne et sous les yeux d'un père qui
ne respirait que zèle pour le culte des fausses divinités? Laissons donc l'esprit de sagesse souffler où il lui plaît, et proclamons
hautement que Dieu avait des desseins de
miséricorde sur ce tendre berceau; et de
même qu'autrefois la sœur de Moïse indi-
qua à la princesse d'Égypte une nourrice
pour l'enfant qu'elle venait de sauver des
eaux, de même aussi l'ange tutélaire qui
veille sur chacun de nous, inspira à Clément la salutaire pensée de confier les
premières années de sa fille à une femme
qui avait le bonheur de posséder le don de
la foi.

Les premiers soins de la femme chrétienne furent d'arracher à l'enfer cette innocente victime, en faisant couler sur son
front les eaux régénératrices du saint baptême; car il est écrit : A moins qu'on ne
renaisse par l'eau et par l'Esprit-Saint, on
ne peut entrer dans le royaume des cieux.
Une intelligence précoce, une âme bien

née, un caractère facile lui permirent bientôt de l'instruire sur les premières vérités
de la religion, et de l'initier peu à peu aux
mystères les plus profonds du christianisme. L'opération de la grâce était sensible ; à mesure que Reine se fortifiait en
âge, elle croissait aussi en vertu et en piété.
Souvent l'amour du Fils de Dieu pour les
hommes la touchait jusqu'aux larmes. Elle
aimait à revenir souvent à la crèche de
Bethléem, à la grotte de Gethsémani et au
sommet du Golgotha, parce que ces lieux
avaient été consacrés d'une manière particulière par les premiers et les derniers
instants du Sauveur. Après Jésus, Marie
occupait la première place dans son cœur,
et devenait le premier mobile de ses ac-
tions. C'était sur ce beau modèle qu'elle
voulait se perfectionner, c'était sur ses traces qu'elle voulait marcher tous les jours
de sa vie. La pureté de la Mère de Dieu la
ravissait surtout d'admiration. Cette vertu,
belle par excellence, et que les païens ne
connaissaient que de nom, elle voulut la
pratiquer dès son bas âge, et se consacrer

sans retour à celui qui peut seul protéger une fleur aussi délicate, et donner de l'accroissement au lis suave de la virginité.

Ainsi s'élevait cette jeune tige que le Seigneur arrosait de ses grâces, et qui, semblable à l'arbre qui croît sur les bords d'une eau fécondante, devait donner en son temps les fruits les plus abondants. Car, nous dit l'apôtre, Dieu a choisi les moins sages selon le monde, pour confondre les sages : il a choisi les faibles selon le monde, pour confondre les forts, et ce qui n'était rien, pour détruire ce qui est, afin que nul homme ne se glorifie devant lui; et l'Église, dans l'office des vierges martyres, fait allusion à ce passage de l'épître aux Corinthiens, lorsqu'elle nous dit dans ses prières : O Dieu, parmi les autres miracles de votre toute puissance, vous avez remporté la victoire du martyre, même dans un sexe fragile ! *Deus, inter cætera potentiæ tuæ, etiam in sexu fragili, victoriam martyrii contulisti.* C'est ainsi que nous verrons bientôt une jeune fille, qui avait à peine atteint sa dix-huitième année, braver les menaces d'un père irrité, fouler aux pieds les perspectives les plus séduisantes, surmonter les tortures de ses persécuteurs, et faire triompher la vérité de l'Évangile malgré la rage du démon et la cruauté de ses satellites.

La vertu cependant demande des efforts; une vigilance continuelle fait la sauvegarde du juste; Dieu lui-même n'accorde ses faveurs qu'aux âmes nobles qui savent lui faire une sainte violence. Reine l'avait compris. Favorisée d'une beauté sans rivale, possédant à un haut degré les qualités du cœur et les avantages de l'esprit, elle appréhendait autant les séductions de l'amour-propre, que les piéges captieux de cette vanité puérile, si naturelle à son sexe. Elle craignait surtout de laisser ternir au grand jour l'éclat de cette fleur angélique, à laquelle elle rendait un culte de prédilection; aussi préférait-elle au bruit du monde et aux vains amusements du siècle, la sécurité de la retraite, les charmes du silence et de la méditation : *Securitas solitudinis, amor silentii et rerum cœlestium contemplatio* (1). C'est là qu'elle trouvait le chaste époux de ses pensées, avec lequel elle aimait à prolonger ces doux entretiens, qui lui donnaient un avant-goût des joies plus pures, réservées tantôt à sa constance et à sa fidélité.

La vie des martyrs faisait chaque jour la nourriture de son âme attendrie. Elle lisait de préférence les vies de saint Étienne, de saint Pierre et de saint Paul; celle de saint Ignace d'Antioche et de saint Laurent, si célèbre parmi les martyrs de la primitive Église. Voici quel langage fait tenir à notre sainte un de ses biographes qui en ont parlé avec le plus d'enthousiasme (2).

« Lorsque je lis les anciennes légendes, je ne puis assez admirer la valeur de tant de braves guerriers qui ont fait triompher leur foi et vaincu les tyrans les plus furieux. Je pense voir encore l'invincible Étienne, accablé sous une grêle de grosses pierres, et se mettre sur ses deux genoux, afin de prier Dieu pour les Juifs qui

(1) Sanctæ Réginæ Vita.
(2) Dominus Claudius. Parisiis, 1708.

le lapidaient... J'aperçois d'un autre côté le prince des Apôtres qui, voulant imiter la mort ignominieuse de son Maître, présente, avec un cœur plein de franchise, ses pieds et ses mains pour être mis en croix, ne demandant pour toute faveur que d'avoir la tête penchée vers la terre..... J'ai horreur encore de ce fer meurtrier qui, comme une tempête, sépara le chef du docteur des nations, et l'envoya rejoindre Jésus qu'il avait tant aimé dans sa chair mortelle... L'Alcide saint Laurent s'avance du milieu des flammes, pour reprocher son avarice et ses cruautés à un perfide tyran : de son sang il rougit l'étendard de son Dieu, et il offre au Roi des rois son étole tout empourprée de ses blessures, afin de m'enseigner quelle route je dois suivre pour arriver avec lui au céleste séjour... O grand évêque d'Antioche, que tu fus heureux de donner ta vie pour Jésus-Christ! Comme toi, je voudrais être broyée sous la dent meurtrière des bêtes féroces! Mon corps deviendrait ainsi une manne digne du froment des élus, et mon sang que je verserais dans l'amphithéâtre, serait pur comme le vin qui fait les vierges! »

Tels étaient les sujets des méditations de Reine, lorsqu'elle vivait heureuse auprès de sa chère nourrice. Elle se livrait à ces lectures avec un zèle infatigable; elle en faisait ses plus chères délices; et, si parfois ses regards s'arrêtaient sur les pages qui lui rappelaient le souvenir de quelque vierge chrétienne qui avait versé son sang pour la foi, et remporté bien jeune encore la palme de la victoire, alors elle sentait battre son cœur avec une force nouvelle, et tous ses soupirs étaient pour le même bonheur. « Quoi ! s'écriait-elle dans une sainte impatience, tant de jeunes personnes de mon âge ont confessé Jésus-Christ avec autant de courage, et moi je demeurerais en arrière ! Non, il y a encore des couronnes, et quel qu'en soit le prix, je saurai en placer une sur mon front victorieux... » Sa nourrice, loin d'étouffer ses pieux désirs, cherchait au contraire à la confirmer dans ces généreux sentiments.

Elle profitait de ces heureuses conjonctures, pour l'instruire sur tout ce qu'il y avait de plus sublime et de plus parfait dans les enseignements de la religion ; et ces ferventes conversations, prolongées bien avant dans leurs veilles, se terminaient ordinairement par ces paroles du Sauveur à ses disciples : « Quittez tout ce que vous avez de plus cher au monde, vos parents, vos amis, vos richesses ; portez votre croix, et marchez à ma suite. La charité est le lien de la perfection, et personne ne peut donner à son Dieu une plus grande preuve de son amour, que celui qui lui fait le sacrifice de sa vie. » Ces leçons devaient porter leur fruit. Jamais notre sainte ne se montrait plus résolue, que lorsqu'on lui dépeignait plus vivement les terribles appareils d'une mort violente, et les tortures sans nombre qui devaient la consommer. « Ne craignez rien, disait-elle à celle qui lui manifestait quelque crainte sur sa trop grande jeunesse, et sur les piéges que pourrait lui tendre sa beauté ; ne craignez rien ;

3

avec le secours (1) de celui qui protége les faibles, et la grâce de celui qui fait les martyrs, j'entrerai dans la lice avec confiance, et les bourreaux seront plus tôt las de me tourmenter, que je ne le serai de souffrir. Que m'importent les faibles avantages d'une nature fragile et l'avenir incertain d'une existence fugitive? Que m'importent les menaces et les vaines promesses des hommes? Dieu seul fait toutes mes espérances, et je sais qu'il me rendra au centuple les légers sacrifices que j'aurai faits pour sa gloire. » Et sa mère adoptive, mille fois témoin de ces élans spontanés de son cœur, ne pouvait comprimer elle-même la joie qui inondait son âme, et elle la manifestait par d'abondantes larmes.

« Oui, ma fille, lui dit-elle un jour, à la suite d'une vision prophétique, oui, soyez sans crainte; vos vœux seront exaucés, et un temps viendra où j'aurai le bonheur de vous voir quelque chose au-dessus de votre âge, au-dessus de votre nature, une glorieuse martyre. »

(I) *Omnia possum in eo qui me confortat* (Saint Paul).

CHAPITRE II.

Reine quitte sa nourrice et vient auprès de son père; celui-ci apprend qu'elle est chrétienne; ses emportements; Reine s'éloigne de la maison paternelle.

Obsecro vos, ego vinctus in Domino, ut digne ambuletis vocatione qua vocati estis.

Je vous conjure, moi qui suis dans les chaînes pour le Seigneur, de marcher dignement dans la vocation à laquelle vous avez été appelés (Ephés., IV, ɏ 1).

Cette prédiction ne devait pas tarder à s'accomplir. Le père de Reine venait de quitter le théâtre des fonctions publiques et de rentrer dans la vie privée. Mais la longue habitude qu'il avait eue des affaires, ne lui permit pas de jouir longtemps du repos, et bientôt on le vit devenir triste et s'ennuyer d'un loisir qui le forçait à l'isolement. De plus, il avait parcouru cette partie de sa carrière où l'activité supplée au vide des instants, et il touchait à cet âge où l'homme, ne trouvant plus d'aliments à son ambition dans de serviles complaisances, devient inutile à ses semblables et plus à charge à lui-même : *Factus sum mihimet ipsi gravis* (1). C'est le cri du sage qui vivait dans la terre de Hus. Toutefois, si l'ivresse du triomphe et les faveurs de la multitude lui échappaient avec les illusions de la vie, il devait trouver une large compensation dans le culte de la piété filiale. Il avait un enfant, image vivante d'un précieux souvenir, et la présence d'un objet si cher était là pour lui adoucir les rigueurs de la vieillesse, les ennuis et l'amertume du veuvage. Il s'empresse donc de rappeler auprès de lui sa fille bien-aimée; un bruit fâcheux, du reste, avait dû hâter cette résolution. Partout, dans la province, on ne parlait que d'une conversion mystérieuse, et déjà le nom de Reine volait sur toutes les bouches. Clément ne voulut d'abord rien approfondir, soit qu'il feignît de ne pas croire à un changement qu'il regardait comme impossible, soit qu'il appréhendât d'éclaircir ses soupçons et d'arriver ainsi à une

(1) Job.

fatale vérité qui l'aurait forcé de sévir, malgré lui, contre l'unique objet de ses affections; et puis, ces légères aberrations du premier âge s'effaceraient bien vite sous l'influence de pensées plus sérieuses et devant l'espoir d'un brillant avenir.

Déjà, en effet, plusieurs seigneurs des environs s'étaient présentés pour demander la main de la jeune personne. Ils offraient tous les plus grands avantages; tous avaient également de brillantes qualités : il ne s'agissait plus que d'un choix. Clément le fait et le propose à sa fille; et comme il la voyait pleine d'indifférence pour les projets qu'il avait formés, il ajoute de nombreux et plausibles motifs, afin de suppléer à son inexpérience et de fixer ses incertitudes. Reine écoute tout avec respect; elle garde un profond silence devant ces longues considérations qu'énumérait un esprit mal éclairé, et que dictaient des vues purement humaines; puis elle reprit : Je sais, mon père, que vous m'aimez avec tendresse, et que vous ne cherchez en tout qu'à faire mon bonheur; mais enfin, si

j'avais trouvé un autre parti qui me fût
plus avantageux, ne seriez-vous pas bien
aise que je l'embrassasse de préférence?
— Sans doute, ma fille. — Eh bien, mon
père! j'ai pris pour époux le Roi du ciel et
de la terre, et je me suis donnée sans par-
tage à celui qui, par amour pour moi, a
bien voulu goûter l'amertume de la mort,
afin de me faire participer aux douceurs
de la vie. Mon père, je suis Chrétienne! —
Quoi, ma fille, reprit Clément, que ces dernières paroles avaient terrassé comme d'un
coup de foudre, vous êtes Chrétienne! Vous
si noble et si distinguée, vous n'avez pas
craint de vous couvrir de honte et de confusion, en embrassant l'ignoble secte des
Galiléens! Vous êtes Chrétienne! Serait-il
possible qu'on vous eût aveuglé le cœur
et fasciné l'esprit à ce point que d'insul-
ter à nos Dieux, de mépriser les lois sévères des empereurs, et de vous exposer
aux plus terribles châtiments? Qui a pu
vous pervertir de la sorte? Sans doute,
cette malheureuse femme (1) à qui j'avais

(1) *Perdita*, dans le texte latin.

confié les premiers soins de votre enfance. L'infidèle! Je lui avais donné des ordres qu'elle m'avait promis d'exécuter; je lui avais fait connaître mes volontés qu'elle avait juré de respecter, et voilà que vous êtes Chrétienne! O ciel! ils n'étaient donc que trop vrais, ces bruits odieux que l'on faisait courir sur votre compte et sur la conduite de votre perfide nourrice! Qui aurait jamais pensé que vous ne deviez survivre à votre infortunée mère que pour faire le tourment et le désespoir de votre vieux père? J'avais cru trouver en vous une consolation à mes maux, un adoucissement aux chagrins de ma vieillesse, et vous ne craignez pas de me précipiter avant le temps dans les horreurs du tombeau! Mais non, ma fille, vous protestez en secret, et votre cœur qui m'aime... Et de grosses larmes, qui roulaient de ses paupières, ne lui permirent pas d'ajouter à ces tristes reproches. — A Dieu ne plaise, reprit Reine, non moins dominée par une profonde émotion, à Dieu ne plaise, ô mon père, qu'il en soit ainsi! Le Dieu que j'a–

dore, loin de chercher votre perte, ne désire pas moins votre bonheur que celui de votre enfant. Il est descendu du ciel pour sauver tous les hommes; il les a tant aimés, que pour eux il a versé jusqu'à la dernière goutte de son sang; et si vous êtes docile à l'inspiration de sa grâce, vous connaîtrez vous-même combien il est bon, combien il est miséricordieux.

Ces paroles, prononcées avec une force mêlée d'une onction qu'on ne saurait exprimer, finirent de jeter le trouble et la confusion dans l'esprit de Clément. En même temps, une lumière toute divine brilla sur les traits un peu animés de la jeune fille, et le père, comme ébloui de son éclat, se vit forcé de quitter une présence qui lui devenait de plus en plus importune.

Quelques jours s'étaient déjà écoulés, et Clément, humilié dans son déboire, n'osait reparaître devant sa fille, qui lui avait tant imposé par sa noble attitude et la fermeté de ses résolutions. Il craignait en outre de laisser éclater les emportements d'un cœur

déçu ; il appréhendait surtout de trahir les
affections de ce même cœur, car il était
père avant tout, et la nature réclamait ses
droits avec empire ; et puis il espérait toujours! Cependant, d'un caractère fier et
dominant, il voyait avec peine que ses reproches et ses prières étaient demeurés
également stériles, lui qui n'aurait jamais
souffert que l'autorité paternelle eût été
diminuée dans les moindres de ses attribu-
tions.

N'était-ce pas à sa fille de faire les premières démarches de la réconciliation?
N'était-ce pas à elle de lui apporter de sincères excuses, puisqu'elle l'avait si profon-
dément blessé? Et il lui semblait à chaque
instant la voir venir se jeter à ses pieds,
lui demander l'oubli du passé et l'assurer de son dévoûment pour l'avenir !

Et pourtant, Reine ne paraissait pas. Dans
son impatience, il était sur le point d'aller
lui-même la trouver et de prendre à son
égard une résolution extrême, si la nécessité l'y poussait, lorsqu'il fut prévenu par
une de ses sœurs qui habitait dans Alise.

3*

Celle-ci, ayant appris ce qui s'était passé, s'empressa d'offrir sa médiation à son frère et de remplir auprès de sa nièce l'office de la mère dont elle était privée. Clément fut heureux de cette visite; il en avait besoin pour épancher son cœur.

A la vue de sa sœur, il ne put retenir ses larmes, et se précipitant dans ses bras, il lui met sous les yeux la triste position que sa fille lui a faite. « Hélas! ma chère sœur, s'écrie-t-il en sanglotant, quel Dieu, ou plutôt quel cruel destin verse dans mon âme une coupe aussi amère! Quelle infortune m'accable! Je n'avais qu'une enfant, et je la vois plongée, aux plus beaux jours de sa vie, dans l'horreur et la superstition des Chrétiens! » — « Mon frère, calmez ce premier transport que vous inspirent de trop justes regrets; moi-même je puis à peine en croire ce que j'ai vu de mes propres yeux; oui, votre fille est Chrétienne, et malgré mes pressantes remontrances, elle persiste à demeurer dans son aveuglement. Depuis longtemps, il est vrai, j'avais été avertie par des bouches discrètes de cet affreux changement qui devait s'opérer dans le sein de votre malheureuse famille ; mais, l'esprit halluciné par je ne sais quelle divinité ennemie, j'avais renvoyé jusqu'à ce jour pour éclaircir auprès de vous des doutes, hélas ! trop bien fondés. Invoquons les Dieux cependant ; ils sont assez puissants pour la ramener à leur culte, et souvent la Fortune ne nous frappe ainsi de sa main redoutable que pour nous faire mieux goûter les faveurs qu'elle nous ménage dans la suite. *Aggrediar iterùm*, j'irai de nouveau auprès de votre fille, et si le Ciel me seconde, vous la verrez bientôt à vos pieds, docile et revenue pour toujours de ses égarements. »

Nous n'avons aucun détail sur le résultat des démarches que fit auprès de sa nièce la sœur de Clément ; il est naturel de penser que, n'ayant pu parvenir au but qu'elle s'était proposé d'atteindre, elle n'eut pas le courage d'être témoin une seconde fois du désespoir de son frère, et qu'elle rentra chez elle pour y attendre un moment plus favorable. Clément fit alors appeler un de ses amis, nommé Commodius, personnage influent dans la cité, et le conjura d'aller auprès de sa fille, pour réduire son obstination, ou du moins pour leur ménager à tous deux un facile rapprochement. Commodius s'empresse d'obéir à son ami. Il remplit avec prudence et habileté la mission délicate dont il était chargé; mais ses tentatives sont infructueuses, et il ne peut rien sur ce qu'il appelle l'opiniâtre résistance de la jeune fille. il revient alors auprès de Clément, et lui conseille de l'éloigner d'une ville où les Chrétiens nourrissaient sans relâche l'esprit de prosélytisme, et de l'isoler quelque temps à la campagne, afin de laisser se calmer cette première effervescence de la superstition. Clément approuve cette pensée; il appelle un de ses affranchis et le charge d'intimer à sa fille l'ordre de quitter l'habitation qu'elle occupe, et de se rendre incontinent à une de ses villas pour surveiller les travaux de ses esclaves et veiller elle-même à la garde de ses troupeaux. Reine obéit sans réplique, heureuse de quitter la ville avec ses dangers et ses incessantes dissipations pour la paix du hameau et les douceurs de la campagne, plus heureuse de se livrer sans contrainte aux exercices de la piété et à la pratique de sa religion !

Mais avant de quitter Alise et la maison paternelle, Reine n'oublie pas qu'elle a un devoir de reconnaissance à remplir. Sa nourrice habitait une ancienne maison, bâtie sur le haut de la colline qui domine la ville ; elle veut la voir avant de s'éloigner ; mais comme elle était déjà observée de près, elle eut recours à une ruse innocente pour tromper la vigilance de ses gardiens ; et profitant de quelques heures de relâche, elle court chez elle pour lui faire part de ce qu'elle appelait son prélude dans la voie royale. Elle lui raconte l'entrevue qu'elle vient d'avoir avec son père, la visite de sa tante et celle de Commodius, les mesures qu'on a prises à son égard ; enfin elle lui annonce qu'elle va partir pour les champs, où elle gardera de ses bienfaits une gratitude éternelle. La sainte femme la presse dans ses bras avec tendresse, et mêlant à ses regrets quelques larmes de joie, elle la félicite de ce généreux début, et lui dit adieu en l'assurant que ce premier sacrifice sera bien reçu du Seigneur, et qu'il était un augure favorable pour des combats plus difficiles encore qui lui seront réservés. « Partez, ma fille, lui dit-elle en l'embrassant une dernière fois ; allez où vous appelle le bon plaisir de votre Dieu, et n'hésitez pas de vous confier à sa garde : c'est lui qui guidera vos pas dans cette solitude, et les méchants vous tendront en vain leurs piéges captieux ; à vos pieds roulera expirante la pierre du scandale dont ils chercheront à vous atteindre. » Et comme Reine lui exprimait le vif déplaisir qu'elle éprouvait de se voir séparée de sa personne : «Je ne vous abandonnerai pas, ma fille ; mes vœux les plus ardents vous accompagneront partout où vous irez ; et si ma présence vous est encore nécessaire dans les lieux que vous habiterez désormais, je viendrai moi-même partager vos peines, et goûter avec vous les consolations dont vous jugera digne le Seigneur votre Dieu. »

Tous les auteurs ne s'accordent pas sur la détermination que prit la nourrice de sainte Reine, à l'époque de son départ pour la campagne. A partir de ce moment, les uns ne parlent plus de l'influence qu'elle eut sur les destinées de sa fille adoptive; d'autres, au contraire, ont écrit qu'elle l'accompagna dans les champs où elle était encore, lorsque le gouverneur des Gaules rencontra la fille de Clément. Peut-être serait-il plus vraisemblable de prendre un terme moyen, et de dire que la sainte femme dut visiter de temps à autre celle qu'elle affectionnait par-dessus tout, mais qu'il lui fut impossible de demeurer continuellement avec elle, à cause de la surveillance active que Clément faisait exercer auprès de sa fille. Au reste, nous la verrons plus tard aller visiter sa pupille en prison, lorsque les jours de plus rudes épreuves auront commencé à se lever pour elle.

CHAPITRE III.

Nouveau séjour de Reine dans les fermes de son père; son heureuse influence parmi les désordres qui s'y étaient introduits; elle se sanctifie dans ses humbles occupations.

Implemini spiritu sancto, loquentes vobismetipsis in psalmis, et hymnis, et canticis spiritualibus, cantantes et psallentes in cordibus vestris Domino.

Remplissez-vous du Saint-Esprit, vous entretenant de psaumes, d'hymnes et de cantiques spirituels, chantant au Seigneur au fond de votre cœur (Ephésiens, v, 19).

Nous ne savons rien de certain sur les lieux qui servirent de retraite à notre jeune exilée. Il est parlé seulement, dans une vieille chronique, de plaines fertiles où elle engraissait ses troupeaux, d'un large fleuve où elle les menait se désaltérer, de frais ombrages où elle chantait au Seigneur, et où elle avait de fréquentes relations avec un messager de la cour céleste.

S'il nous était permis de remonter le
cours de plus de seize siècles (238-1854),
et de chercher quelque lumière dans l'obscurité de ces temps reculés, peut-être
pourrions-nous retrouver ces vertes prairies et ces riants bosquets sur ces bords
qui, de nos jours encore, semblent retenir
par enchantement les douces ondes de la
Saône, comme les appelaient les auteurs
latins, *Mitis Araris,* puisque ce fleuve coulait à cette époque dans le territoire des
Eduens, patrie de Reine, et qu'il lui servait
de limite dans sa partie orientale; peut-
être aussi, et avec plus de raison, devrions-
nous placer cette célèbre villa sur les rives
non moins charmantes de l'Armania (aujourd'hui Armançon), parce que cette ri-
vière prenait sa source à quelques kilomètres d'Alesia, arrosait ses environs et se
jetait ensuite dans l'Icauna (Yonne), un peu
au-dessous de l'ancienne Antissiodorum
(Auxerre).

Quoi qu'il en soit de ces appréciations
topographiques, que recherche plutôt une
vaine curiosité qu'un véritable désir de

s'instruire et de s'édifier, nous ajouterons que si les beautés de la nature pouvaient avoir quelques attraits pour l'imagination toujours vive d'une adolescente de dix-huit ans, ces jouissances éphémères devaient lui coûter bien cher, si on les compare à toutes les humiliations qu'elle eut à subir, dans les commencements, de la part de ces âmes cruellement obséquieuses, qu'une sévérité inexorable avait commises à sa garde, lorsqu'elle quitta la maison paternelle. Plus d'une fois alors elle put répéter ces paroles qu'elle avait lues si souvent dans la vie de saint Ignace d'Antioche (1) : « De la Syrie jusqu'à Rome, je combats sur mer et sur terre avec les bêtes féroces ; nuit et jour, je suis attaché avec dix léopards, je veux parler des soldats qui me gardent, et qui deviennent plus méchants, à mesure que je leur fais plus de bien. » La ferme de Grignon, car c'est ainsi qu'elle était appelée, se trouvait à cette

---

(1) *De Syriâ usque ad Romam pugno ad bestias, in mari et in terra, nocte dieque ligatus cum decem leopardis, hoc est militibus, qui me custodiunt ; quibus et quum benefeceris, pejores fiunt.* (EPISTOLA AD ROMANOS.)

époque dans un état déplorable. Tout ab-
sorbé par la multitude des affaires qui le
retenaient au sein de la cité, Clément s'é-
tait mis peu en peine de l'administration
des biens qu'il avait au dehors. Depuis
longtemps il en avait abandonné le soin à
de cupides intendants qui, sous de spé-
cieux prétextes, abusaient étrangement de
la confiance de leur maître, dilapidaient
ses fonds, se livraient à de folles dépenses
et s'engraissaient eux-mêmes des revenus
d'autrui. Ainsi, des désordres et des abus
criants, de pauvres esclaves indignement
traités, des haines et des projets de ven-
geance, tel était l'aspect qu'offrait cette
sombre demeure, lorsque Reine y parut
pour la première fois. « Aussi son cœur en
fut-il moult contrarié, dit un de ses naïfs
biographes, et ses yeux ne purent-ils retenir ses tant douces larmes ! » Bientôt cependant elle retrouva sa première énergie,
et non moins intelligente que soumise à la
volonté divine, elle ne se laissa point abat-
tre par ces nouvelles difficultés qui venaient
exercer sa patience. Elle les aborde toutes

avec résolution, et dans sa sage prévoyance, elle médite déjà une réforme générale dans les personnes et les choses qui vont s'offrir désormais à ses regards. Oui, elle espère, aidée du secours d'en haut, elle espère ramener les personnes à Dieu et remettre les choses dans un état convenable, parce qu'elle avait appris de sa nourrice que non-seulement la religion veille aux intérêts de l'éternité, mais encore qu'elle met de l'ordre dans les besoins du temps, selon ces paroles de l'apôtre : *Omnia secundum ordinem fiant* : Que tout se fasse avec ordre. Sans doute, les commencements furent pénibles ; mais son espoir ne fut point trompé, car le Ciel secondait ses généreux efforts.

Il y avait à peine quelques jours que Reine habitait la campagne, et déjà tout avait changé d'aspect dans les lieux qu'elle favorisait de sa présence. Dieu bénissait ses humbles occupations, et donnait de l'accroissement à tous les ouvrages qu'elle entreprenait. Le produit de ses troupeaux se multipliait d'une manière admirable ;

l'union, la paix et l'abondance régnaient dans cette vallée, naguère remplie de troubles et de dissensions. Tout le monde était étonné d'un changement si subit; chacun se demandait s'il fallait en croire ses propres yeux, ou si ce n'étaient pas là les rêves de quelque hallucination; et la fille de Clément, qu'on avait regardée d'abord comme une espionne et une contrôleuse importune, fut bientôt saluée par tous comme la bienfaitrice et le bon génie de ces lieux.

Cependant, Reine n'oubliait pas qu'elle était Chrétienne; elle savait quels engagements elle avait pris à son baptême, quelles promesses elle avait faites à celle qui l'avait nourrie dans les sentiments de la crainte du Seigneur. Une fois sa tâche achevée, la prière, les œuvres de la charité, des entretiens fréquents avec le Ciel remplissaient tour à tour les autres parties de sa journée.

Jamais on ne la vit oisive pendant que le soleil parcourait sa longue carrière; bien plus, retranchant aux heures du repos ce qu'elle regardait comme superflu, elle ai-

mait à se retirer dans le silence d'un mo-
deste oratoire qu'elle avait élevé de ses
mains, pour y passer des nuits entières
dans les méditations des vérités éternelles;
pour y bénir et y louer l'auteur de tous
les biens. C'est là, parmi les épanchements
d'un cœur brûlant d'amour, qu'elle eut,
avec une nature angélique, de mystérieu-
ses entrevues, priviléges exclusifs des âmes
innocentes, et qu'une bouche profane n'o-
serait divulguer. Là, plus heureuse qu'au
sein des grandeurs et sous l'éclat des lam-
bris dorés, elle goûtait à longs traits ces
pures délices que la religion répand dans
les cœurs vertueux, même sous les haillons de la pauvreté et à la suite des plus
grandes privations. Reine avait quitté, il est
vrai, les riches parures que sa condition la
forçait de porter au milieu des sociétés
mondaines; mais une simple tunique de
lin fin, le voile blanc qu'elle jetait sans art
sur son sein virginal, ne convenait que
mieux à l'innocence de sa vie et à la dou-
ceur de son caractère. Pourquoi aurait-elle
regretté les brillantes réunions et les splen-

dides festins du foyer domestique? Un pain de pure farine, l'eau claire d'un limpide ruisseau, le fruit récemment cueilli sur un arbre champêtre, suffisaient abondamment à celle que Dieu avait prévenue de ses grâ-s, et qui ne soupirait qu'après la possession de la vraie terre promise.

Ici, un des historiens de notre sainte s'étend longuement sur la brièveté de la vie humaine, sur l'inconstance et la vanité des choses d'ici-bas; puis il parle de l'esprit de foi et des bienfaits de la religion. C'est une erreur, en effet, de croire qu'on est malheureux, parce qu'on ne possède pas les faibles avantages que procurent les jouissances terrestres. Au vrai serviteur du Christ, gloire, puissance, richesses, noms superbes, plaisirs, contentements, choses vaines et stériles; bien plus, les biens que le monde donne, loin de calmer nos désirs, les accroissent encore et en font naître de nouveaux. Peut-être serions-nous moins malheureux si nous savions nous contenter de peu; qui ne sait que les grandes fortunes ont des besoins que les médiocres ne

connaissent pas? Soyons donc conséquents
avec nous-mêmes, et félicitons Reine de ce
que, par une vue spéciale de la Providence, il lui a été donné de s'affranchir
encore bien jeune de la servitude des ob-
jets sensibles et des exigences du siècle;
gardons-nous surtout de regarder comme
pauvre celle que Dieu avait enrichie de ses
dons; car Dieu est magnifique dans ses récompenses comme dans ses promesses, et
dès qu'un cœur lui est dévoué, la mesure
de ses largesses est de n'en point avoir,
si toutefois cette mesure n'était, comme il
nous le dit lui-même, une mesure pleine,
pressée et qui déborde de toute part (1).
Aussi le cœur de Reine n'avait-il plus assez
de capacité pour contenir la joie dont il
surabondait; et voilà pourquoi elle semblait souvent se plaindre au Seigneur de
se voir frustrée dans ses désirs les plus ardents, c'est-à-dire dans son attente pour le
martyre. Quoi! elle ne trouverait que des
consolations et des douceurs dans ce sen-

(1) *Mensuram bonam, et confertam, et coagitatam, et su-
pereffluentem dabunt in sinum vestrum.* (ST LUC, VI, 38.)

tier du Calvaire qu'on lui avait dépeint
tout parsemé de ronces et d'épines !... Mais,
hélas ! la félicité parfaite ne se trouve point
sur la terre ; et encore que les pécheurs
aient sept fois plus à souffrir ici-bas que
les justes, selon le témoignage de l'Esprit-
Saint, à cause des terreurs de la conscience
qui se joignent aux autres infirmités de
leur nature ; Dieu, par un dessein qui nous
est caché, se plaît aussi à exercer la patience de ses élus, en leur ménageant de
nombreuses vicissitudes, afin d'augmen-
ter leur foi et d'éprouver leur fidélité.
Qu'importe après tout, ces quelques instants de trouble et de souffrances ? La vertu
grandit dans les épreuves ; et l'apôtre nous
assure que ceux qui veulent vivre avec
piété dans le Seigneur Jésus souffriront
persécution : *persecutionem patientur*.
Suivons donc notre héroïne au milieu de
ses amères tribulations ; soyons témoins
des combats de la foi qu'elle va combattre
avec courage ; c'est maintenant que sa
constance va paraître à l'admiration du
Ciel et à l'étonnement du monde païen !

CHAPITRE IV.

Combats de la primitive Eglise; introduction du christianisme dans les Gaules; ses rapides progrès; avènement de Dèce; dixième persécution; Olibrius gouverneur des Gaules; Reine est découverte dans sa retraite.

> *In omnem terram exivit sonus eorum, et in fines orbis terræ verba eorum.*
>
> La voix des apôtres s'est répandue dans toute la terre, et leur parole jusqu'aux extrémités de l'univers (Psaume 18, 4).

Les beaux jours de la république romaine n'étaient plus, et la gloire de l'empire tombait en pleine décadence; mais au peuple roi de nouveaux triomphes étaient réservés par celui de qui relèvent toutes les puissances; et comme le dit le poète religieux :

Cette ville autrefois maîtresse de la terre,
Rome, qui, par le fer et le droit de la guerre,
Domina si longtemps sur toute nation,
Rome domine encore par la religion.

Toutefois, les Chrétiens essuyèrent de rudes combats, avant de jouir du fruit de la victoire, et l'épouse du Christ dut passer par de nombreuses épreuves, avant de voir arborer son brillant labarum sur le dôme élevé d'Agrippa! — Qu'avaient donc fait les proscrits du Calvaire? Voici leur crime. Douze pécheurs de Galilée, une croix à la main et des sandales aux pieds, avaient quitté leur patrie pour annoncer au monde épuisé, de tous ses excès, l'unité de Dieu et la pureté des mœurs; et jamais conquête ne fut plus pacifique. Ecoutez un auteur païen : « Parmi les séditions et les guerres civiles qui désolent cette province (l'Asie Mineure), parmi les conjurations contre l'auguste personne de l'empereur, nous n'avons jamais trouvé un seul Chrétien, ni bon, ni mauvais (1). » Qui ne connaissait à Rome l'héroïque dévouement de cette légion de Mélitène, surnommée la Foudroyante, toute composée de Chrétiens, tous non moins célèbres par

_____

(1) Pline le jeune dans sa lettre à Trajan.

leur piété que par leur courage, à qui Marc-Aurèle avait dû le salut de son armée, lorsqu'elle était sur le point de périr de soif et d'inanition dans les déserts de la Germanie (174)? Et cependant, par un vertige de raison qu'on ne saurait comprendre, la politique du sénat se déchaînait contre ce troupeau inoffensif avec le même acharnement qu'elle aurait poursuivi les ennemis les plus implacables. Pourquoi? C'est le profond mystère du christianisme proclamé par l'Homme-Dieu auprès des disciples d'Emmaüs, lorsqu'il leur disait ces paroles mémorables : *Nonne oportuit pati Christum et ità intrare in gloriam suam?* N'a-t-il pas fallu que le Christ souffrît avant d'entrer dans sa gloire? Les œuvres de Dieu, immortelles comme lui, commencent par jeter de profondes racines, puis elles parviennent au faîte de leur perfection : qu'importent les difficultés qu'elles rencontrent de la part des méchants? La main de Dieu est là, et la faiblesse de l'homme ne saurait résister. Néanmoins les Chrétiens furent souvent justifiés; et s'ils ne furent pas toujours exempts de supplices, c'est qu'il leur fallait encore ce dernier trait pour achever en eux l'image de Jésus crucifié; et ils devaient comme lui aller à la croix avec une déclaration publique de leur innocence, selon la pensée de Bossuet (1).

Mais sans entrer dans d'autres considérations générales sur les luttes des premiers fidèles, consacrons quelques lignes à l'introduction du christianisme dans les Gaules; terre bénite où la divine semence devait produire une moisson si abondante! La Gaule avait été réduite en province romaine un demi-siècle environ avant la venue du Messie, et avec le joug de la servitude les vaincus avaient reçu les usages et la religion du vainqueur. Bientôt après parut la loi de grâce, et son heureuse influence ne tarda pas à se faire sentir jusqu'aux barrières de l'Océan. Nous n'avons aucun monument authentique touchant les premiers apôtres qui pénétrèrent dans les

(1) Histoire universelle.

Gaules. Suivant une tradition longtemps accréditée, saint Paul en personne y aurait apporté le bienfait de la rédemption ; mais ce fait, affirmé par la légende, semblerait être contredit par la saine critique historique. On peut croire ; d'après les témoignages les moins récusables, que l'un des disciples de Paul, Crescent, vint fonder l'église de Vienne, en même temps que saint Trophime annonçait la bonne nouvelles aux habitants d'Arles. Plus tard, saint Pothin, qui s'était fixé à Lyon, y prêcha pendant cinquante ans la religion du Christ, et mourut pour elle à quatre-vingt-dix ans, avec quarante-huit de ses disciples, le 25 août 177. Les actes du martyre de ces pieux confesseurs sont arrivés intacts jusqu'à nous : on y voit figurer des femmes jeunes et belles qui marchèrent à la mort, comme les fiancés marchent à l'autel ; et le nom de sainte Blandine est encore vénéré aujourd'hui dans la ville de saint Pothin, dans cette ville qui reçut le titre glorieux de métropole de la Gaule chrétienne, parce que, la première entre

toutes les cités gauloises, elle avait donné
aux bourreaux païens le sang de ses vierges.
De là, comme d'un centre d'une inépuisable
fécondité, les conquêtes évangéliques se
répandirent avec une merveilleuse rapidité ;
et la première Lyonnaise, berceau de notre
sainte, se vit bientôt enchaînée sous le joug
de la foi. Le christianisme se propageait
surtout dans les centres de civilisation, en
suivant la ligne des grandes voies de l'empire, en cherchant les villes qui attiraient
par leur commerce le plus grand nombre
d'étrangers. En Gaule, comme en Grèce
et en Italie, il semblait que les apôtres
avaient travaillé sous terre (1), puisque l'on
vit paraître en même temps une foule de
conversions sur les points les plus opposés.
Les autorités romaines sévissaient en vain :
les nouveaux apôtres donnaient leur vie en
témoignage de leur foi, et ils persuadaient
parce qu'ils étaient convaincus.

Tertullien avait eu raison de dire que
le sang des Chrétiens était une semence,

_____

(1) Pensée de Bossuet.

puisque la rigueur des persécutions ne faisait que les multiplier davantage. C'en était fait, l'idolâtrie était aux abois; le paganisme, condamné par son grand âge, comme l'a dit un auteur, allait s'ensevelir sous les ruines de l'ancien monde, et ses épaisses ténèbres devaient s'effacer bien vite devant la lumière qui s'épanouissait brillante d'un nouvel orient : *Oriens ex alto.* Chose étrange ! les Romains, qui avaient élevé un temple immense à toutes les divinités de l'univers, avaient refusé un asile au seul Dieu véritable; ils faisaient l'apothéose d'hommes méchants et repoussaient de tous leurs efforts celui qui passa parmi nous en faisant le bien (1).

Plusieurs empereurs, il est vrai, avaient voulu placer Jésus-Christ au nombre des habitants de l'Olympe. Tibère, sur des relations qui lui venaient de la Judée, proposa au sénat de lui accorder les honneurs divins; Adrien lui avait élevé des temples qui subsistèrent longtemps après lui ; et Alexandre Sévère, après l'avoir révéré en particu-

(1) *Jesus... transiit benè faciendo* (Actes des Apôtres.)

lier, voulait lui dresser publiquement des autels; mais quelle convention pouvait-il y avoir entre le Christ et Bélial, entre le temple du Seigneur et le sanctuaire des démons? *Quæ conventio Christi ad Belial, qui consensus templo Dei cum idolis?* Nous terminerons ici ces notions préliminaires que nous avons crues utiles pour la clarté des faits que nous allons rapporter, et nous reprenons le cours de notre biographie.

C'était vers le milieu du troisième siècle (249-251). Dèce, soldat obscur de Sirmium, venait d'être proclamé par les légions qu'il commandait en Mésie. Avec ce nouveau maître il devait y avoir une violente réaction dans l'empire romain, et la politique devait marcher dans des voies tout opposées. Philippe, à qui il venait de ravir la vie et la couronne, avait laissé en repos les Chrétiens, puisque, d'après les témoignages de plusieurs Pères, il était Chrétien lui-même; Dèce au contraire avait contre eux tous les préjugés haineux d'un vieux sénateur, et sa dignité de grand pontife des idoles devait exciter son zèle d'une manière atroce contre une religion dont les rapides progrès causaient de vives alarmes à tous les partisans des anciennes erreurs. Aussi le premier acte de son règne fut-il un nouvel édit contre les Chrétiens, et cette persécution, appelée la dixième par les auteurs ecclésiastiques, fut une des plus violentes qui aient jamais décimé le sein de l'Eglise naissante. Ce farouche César, salué du titre de très-bon par une assemblée d'esclaves, ne faisait pas moins écarteler le soldat qui avait enfreint la moindre de ses ordonnances, et il ne sembla passer sur le trône que pour effrayer le monde et le noyer dans des flots de sang.

Qui ne connaît les affreux moyens qu'employaient les cruels persécuteurs pour arriver à leur fin détestable, qui était l'apostasie? Des chaudières d'huile bouillante, des roues hérissées de pointes aiguës, des chevalets rougis au feu, du plomb fondu, des torches ardentes, des verges de fer, des peignes d'airain, que sais-je? tout ce que la rage de l'enfer avait

su inspirer aux tyrans de plus sauvage et
de plus barbare, servait à tourmenter
leurs innocentes victimes et à leur faire
payer chèrement leur attachement pour
la foi qu'elles avaient embrassée. Ce sont
bien là, ô tendre Reine! les lugubres déco-
rations du sanglant théâtre où vous allez
bientôt paraître pour défendre les droits
sacrés de votre conscience, et convaincre
d'impuissance l'injustice des hommes et
la violence de leurs passions! Mais ne craignez rien, celui qui a vaincu le monde
et brisé les chaînes de la mort, saura bien
vous soutenir de sa main puissante; et
après que vous aurez participé ici-bas à
l'amertume de son calice, vous entrerez
dans la joie de votre Seigneur, et vous
recevrez dans une vie meilleure cette couronne de gloire et ce diadème d'honneur
que Dieu promet à ceux qui l'aiment et
le confessent généreusement.

A peine le nouvel empereur fut-il par-
venu au pouvoir, qu'à l'exemple de ses
prédécesseurs il écrivit aux divers intendants des provinces pour exciter leur zèle

pour les fausses divinités, et leur enjoindre en même temps de contraindre par les voies les plus rigoureuses tous ceux qui refuseraient de brûler de l'encens sur l'autel des idoles. De son côté, il s'entoure d'hommes éprouvés, et menace de chasser de leur emploi tous ceux dont l'aveugle fanatisme ne seconderait pas ses projets insensés. La Gaule, l'une des plus belles portions de son vaste héritage, le préoccupe avant tout, et il veut lui envoyer un gouverneur qui mérite toute sa confiance. Son choix ne pouvait être incertain : il avait auprès de lui Olibrius, l'un de ses compagnons d'armes à qui il était redevable d'une partie de sa couronne, et qui s'était montré toujours docile au moindre signe de ses volontés. (*Il ne faut pas confondre cet Olibrius avec l'empereur du même nom qui ne régna que quelques mois en 472*).

Aucun ministre en effet n'était plus digne de marcher sur les traces de son maître. Il fut envoyé en Occident comme un foudre dévorant contre les enfants du

Seigneur, dit un contemporain, et rien ne pouvait les exempter des rigueurs de la mort. A peine eut-il pris possession de son nouveau gouvernement, qu'il mit en vigueur tous les anciens édits qu'on avait portés à diverses reprises contre les progrès de l'Evangile. L'opulente cité de Marseille fut le premier théâtre de ses terribles exécutions. Un grand nombre de familles qui avaient embrassé la foi, se virent cruellement décimées dans leurs biens et leurs membres les plus chers; le deuil et la consternation régnèrent bientôt dans cette ville populeuse, la plus ancienne de la Gaule transalpine, et qui se glorifiait à juste titre d'avoir ouvert ses ports aux premiers disciples venus de Palestine aussitôt après l'Ascension du Sauveur (1).

Là ne devaient pas se borner les lâches exploits d'Olibrius; ses pas sanglants de-

---

(1) Nous lisons dans la légende de sainte Marthe qu'ayant été prise par les Juifs avec son frère, sa sœur et plusieurs autres Chrétiens, elle fut placée sur un vaisseau sans rames et sans voiles, et lancée à mer dans l'espérance d'un naufrage certain; mais le vaisseau, à qui Dieu servait de pilote, aborda dans le port de Marseille sans avoir perdu aucun de ses heureux passagers : *Sed navis, Deo gubernante, salvis omnibus, Massiliam appulsa est.*

vaient laisser leur empreinte dans la capitale des Mandubiens, au sein de la première Lyonnaise. La renommée exagérait
partout le nombre des conversions qui
s'étaient faites dans cette ville ; partout
on ne parlait que de la piété et de la
ferveur de ses enfants, dignes de rappeler les beaux jours de l'Église primi-
tives. Olibrius, qui ne respirait que menaces et carnage, apprenant ces nouvelles
alarmantes, se hâta de quitter Marseille,
où sa présence d'ailleurs n'était plus qu'o-
dieuse, afin d'aller saisir la nouvelle proie
qui s'offrait à son avidité dans la ville
d'Alise. Il part donc, mais avec la ferme
résolution d'employer là, comme ailleurs,
les plus excessives rigueurs, et d'étouffer,
s'il est possible, dans des flots de sang ce
brasier toujours plus ardent de la charité
chrétienne.

Déjà il avait atteint les dernières fron-
tières de la riche Aquitaine, et sa troupe, fa-
tiguée d'une longue marche et dévorée par
les ardeurs d'une journée brûlante, faisait
halte à la campagne, et prenait quelque

repos sur la lisière d'une vaste prairie, om-
bragée par de hauts peupliers. Tout-à-coup
une voix pleine d'une douce mélodie vint
frapper leurs oreilles et attirer leur attention. C'était Reine, qui faisait paître son
troupeau et chantait, selon son habitude,
les louanges du Seigneur et les merveilles
de sa Providence. Olibrius fait chercher la
jeune bergère. Deux soldats l'ayant ren-
contrée à peu de distance, la menèrent à
leur général; à sa vue, le Romain se sentit
si vivement épris de sa beauté, que, se
tournant vers ceux qui l'accompagnaient :
« Tant de perfections, dit-il, peuvent
elles demeurer ignorées au fond de cette
solitude ? » Puis, s'adressant à Reine
elle-même : « Suivez-moi, ma fille; les
champs ne sont pas dignes de vous posséder; et si vous savez vous montrer docile
aux ordres de celui qui vous parle, votre
avenir n'est plus à vous, votre bonheur est
assuré. » Et comme il continuait à lui dé-
peindre le sort le plus heureux sous les
traits des plus séduisantes paroles : « C'est
assez, dit Reine, en soulevant son front

empreint d'une suave rougeur, c'est assez : depuis longtemps j'ai méprisé d'aussi précieux avantages. Ma naissance et mon rang ne laissaient rien à désirer ; j'ai refusé des positions que d'autres auraient recherchées avec empressement ; et vos promesses, toutes généreuses qu'elles sont, ne sauraient me toucher, ni me faire renoncer au choix d'un époux dont la pensée embellit ma solitude, et dont la chaste présence donne un nouveau lustre à la vertu que j'aime de prédilection. »

A cette noble attitude, le préfet des Gaules comprit facilement que Reine était Chrétienne ; et quoique trompé dans son attente, et qu'il connût d'avance quel attachement les Chrétiens avaient pour leur religion, il se contente de donner des ordres secrets à quelques-uns des siens, et il se retire avec la persuasion qu'il sera plus heureux dans une seconde tentative.

CHAPITRE V.

Le père de Reine apprend les propositions d'Oli-
brius et les refus de sa fille ; sa colère et ses
mesures violentes ; Reine paraît pour la pre-
mière fois devant le tribunal d'Olibrius ; sa foi
triomphe ; elle est jetée dans une obscure prison.

> *Præterit figura hujus mundi. —*
> *Qui amat patrem aut matrem plus*
> *quam me, non est me dignus.*
>
> La figure de ce monde passe.
> Celui qui aime son père ou sa mère
> plus que moi, n'est pas digne de
> moi (1 Corinth., et Math., 10., 37).

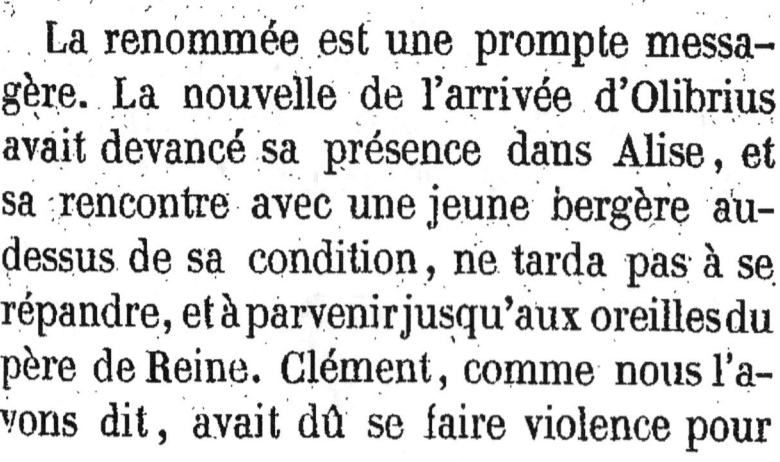

La renommée est une prompte messagère. La nouvelle de l'arrivée d'Olibrius
avait devancé sa présence dans Alise, et
sa rencontre avec une jeune bergère au-
dessus de sa condition, ne tarda pas à se
répandre, et à parvenir jusqu'aux oreilles du
père de Reine. Clément, comme nous l'a-
vons dit, avait dû se faire violence pour

éloigner sa fille, et l'assujettir aux basses occupations que remplissaient les esclaves. Un grand vide s'était fait autour de lui; et ne pouvant supporter une plus longue absence, il allait lui-même la rappeler des champs, lorsqu'il apprit l'aventure d'Olibrius, ses propositions à sa fille, et le peu de cas, ou plutôt le refus que cette dernière en avait fait. Clément, dont l'ambition avait encore grandi, par la perspective d'un hymen qui élevait sa fille au premier rang parmi ses concitoyens, entendant ce qui s'était passé, en éprouva un mortel chagrin; il pouvait à peine revenir de sa surprise, et voulant tout examiner par lui-même, il manda sa fille sur-le-champ. Dès qu'elle fut en sa présence, il chercha à lui faire oublier la sévérité de ses premières mesures par les plus touchantes protestations. Il veut à tout prix fléchir son cœur et la faire entrer dans ses vues; et pour y parvenir, il emploie tour à tour la prière et l'intimidation, la tendresse d'un père et la violence d'un maître exigeant. Vains efforts! Reine se montre respectueuse, mais inébranlable dans ses résolutions ; et comme son père lui rappelait dans ses menaces les droits illimités de l'autorité paternelle : « Oui, mon père, reprit Reine, avec l'accent d'une profonde émotion, vous avez plein pouvoir sur votre enfant, vous pouvez faire de moi ce qui vous semblera bon ; je vous serai toujours soumise, pourvu que ma conscience ne me reproche rien devant celui qui est le premier auteur de mes jours ; car il vaut mieux obéir à Dieu qu'aux hommes, quand ils nous ordonnent quelque chose d'injuste (1). Que n'obéissez-vous plutôt aux dieux de votre patrie ? répartit Clément en colère ; et quelle folie est la vôtre, de rendre un culte à un Juif coupable que Pilate fit mettre en croix, lorsqu'il gouvernait la Judée ! — C'était le Fils de Dieu, mon père ; et quoique, par amour pour nous, il ait revêtu la forme d'un esclave, je le préfère à toutes les richesses de la terre et à toutes les jouissances de la vie. » Le vieillard, voyant toutes

_____

(1) *Obedire oportet Deo magis quàm hominibus* (Actes des Apôtres).

ses espérances perdues sans retour, ne peut plus se contenir ; et donnant un libre essor aux emportements de son caractère, il devient sourd à la voix de la nature qui lui crie qu'il est père ; et le premier, il commence cette longue série de tourments, qui seront désormais le triste héritage de sa fille. Il lui annonce une séparation éternelle, et ses derniers adieux sont autant de malédictions et d'anathèmes qu'il prononce sur sa tête innocente. Enfin il va la dénoncer lui-même à Olibrius, et prenant avec lui quelques hommes d'armes dont il pouvait disposer, il la fait charger de chaînes et conduire en prison.

Cependant Olibrius était loin d'avoir terminé la mission qu'il était venu remplir dans Alise. La vue d'une jeune personne avait blessé son cœur, et le souvenir de sa première rencontre était sans cesse présent à son esprit. Ce fut bien pis, lorsqu'il fut instruit de sa naissance, de ses richesses, et du rôle important que son père avait joué dans la province. Dès lors il ne s'inquiète plus des ordres de son maître, et

pour la première fois, il donne quelque
relâche à cette religion chrétienne qu'il
avait poursuivie jusque-là avec tant de
haine et d'acharnement. Reine absorbe
toutes ses pensées; et ses désirs s'irritent
à mesure qu'ils rencontrent une plus vive
résistance. Toutefois Olibrius est sous l'empire d'une vive appréhension : il craint
quelque malencontreux message auprès de l'empereur; car il sait combien
nombreuses sont les délations dans un
gouvernement où la liberté de penser
devient un crime de lèse-majesté.—Sa conduite, en effet, n'était-elle pas justement
répréhensible, et la rigueur d'un père de-
vait-elle accuser de faiblesse ou d'indifférence le devoir d'un proconsul qui avait
mérité toute la confiance de son maître?
Qu'étaient devenues ces belles promesses
qu'il avait faites en quittant l'Italie? Pourquoi son premier zèle s'était-il ralenti?...
Mais rien de plus aveugle qu'une passion
qui raisonne. Olibrius connaît sa faute; il
s'adresse de sévères remontrances, et voilà
qu'il suit le penchant de son cœur !

Néanmoins il fait plusieurs démarches
auprès de Clément, et cherche à calmer le
feu de son irritation, afin de ne pas donner plus d'extension à une affaire dont le
trop d'éclat ne pourrait que le compromettre et ruiner ses projets. Ces précau-
tions prises, il envoie secrètement auprès
de Reine, pour adoucir les rigueurs de sa
captivité, sonder ses sentiments et connaître l'effet de cette seconde épreuve que
son père venait de lui faire subir. Il espérait avec ces ménagements parvenir à son
but et jouir enfin des fruits de sa longue
persévérance. Et pourtant, qu'il était loin
de la vérité ! Il apprend bientôt par la voix
de ses émissaires, que Reine, peu touchée
de ses prévenances, persiste à demeurer
Chrétienne, et qu'elle se dit plus heureuse au milieu de ses privations qu'elle
ne le serait jamais au sein des grandeurs
que lui laissait entrevoir le généreux préfet des Gaules.

Malgré cette obstination et le peu de
succès qu'il avait obtenu, peut-être Olibrius aurait-il encore temporisé avant d'en

venir à des mesures plus sévères; mais les exigences de la mulitude devenaient de plus en plus impérieuses; ici, comme à Rome, elle demandait du pain et du sang; et le père de Reine lui-même voulait essayer un dernier moyen, et voir s'il ne pourrait pas effrayer sa fille par le terrible appareil des supplices que l'on réservait aux Chrétiens. Olibrius ne pouvait reculer : du reste , il espérait aussi ramener par une salutaire sévérité celle qu'il n'avait pu toucher par la séduction de ses caresses. — On improvise en quelques instants le tribunal du proconsul. Le héraut annonce sa présence avec la formule accoutumée, et déjà la foule impatiente est admise dans la salle des interrogatoires. Bientôt Reine paraît au milieu d'une double haie de soldats; et malgré tant d'injustes préventions qu'on avait contre la jeune captive, sa jeunesse et sa beauté inspirent à tous des sentiments d'admiration et de pitié. Olibrius n'emploie d'abord que des termes pleins de bienveillance , soit pour lui donner des preuves de son affection

particulière, soit pour intéresser les païens
en faveur d'une Chrétienne qu'il voulait
conserver à tout prix. Dans les questions
qu'il lui adresse, il lui rappelle d'un côté
la noblesse de son origine, la gloire et le
nom de ses ancêtres, les cheveux blancs de
son père, son âge, son propre intérêt ; puis
il lui parle avec mépris de la secte des Galiléens, de ses pratiques superstitieuses,
des tortures et de la mort ignominieuse qui
attendent les malheureux qui ont eu l'im-
prudence de se laisser séduire. Ce n'est
pas tout, il cherche à lui imposer par les
prestiges de sa puissance et l'éclat de sa
dignité. — Mais Reine était impassible, et
n'éprouvait rien de ce trouble que causent
la crainte et le remords d'une conscience
agitée ; car son âme était pure et agréable
aux yeux du Seigneur.

Forcée de répondre sur les divers chefs
qu'on imputait à son innocence : « J'aime
mon père, dit-elle avec une noble assurance, et j'obéis aux maîtres de l'empire
dans tout ce qu'ils m'ordonnent de juste
et de raisonnable. Quant aux dieux faits

de main d'homme, je les déteste et les
abhorre, parce qu'ils ont été inventés par
les démons pour outrager l'auteur de la
nature. Le Dieu que je sers est le seul véritable, et il ne veut pour adorateurs que
ceux qui le cherchent dans la simplicité
du cœur. Éprouvez vous-même la puissance de vos idoles, et vous verrez combien elles sont vaines et dignes de mépris.
—Jeune fille, reprit Olibrius, réprimez les
saillies de votre imagination en délire; ren-
trez en vous-même et sondez l'abîme que
vous creusez sous vos pas... Souvenez-vous
qu'une décision imprudente peut vous perdre sans retour; tandis qu'une réponse cou-
rageuse peut vous rendre à votre famille et
assurer votre bonheur. Plein d'indulgence
pour un âge sans expérience, je vous laisse
quelques moments de réflexion, et je demande à ces mêmes Dieux que vous ou-
tragez dans votre ignorance, de prendre
en pitié vos jeunes ans : *juvenilibus annis
indulgere*, et de vous ramener à de meilleurs sentiments. »

Telle est la substance de ce premier in-

terrogatoire. Olibrius ne put le prolonger
davantage, car il était fortement troublé, et
la pâleur de son visage laissait à découvert
toute l'émotion de son âme. Il aurait dé-
siré ajouter encore au délai qu'il venait
d'accorder à sa captive, mais les prêtres
des idoles avaient échauffé l'esprit du peuple, et la multitude, toujours mobile, se
montrait grosse d'orages, malgré le vif intérêt qu'elle avait d'abord manifesté pour
la jeune patiente. Il fallut bien qu'Olibrius
surmontât toutes ses répugnances, et qu'il
fît le sacrifice de ses propres affections :
il avait en outre sous ses yeux le code
inexorable des persécutions, et il savait
quels châtiments l'attendaient, s'il avait la
faiblesse de se montrer indulgent. Il appelle
donc ses satellites, et oubliant l'amour qu'il
avait eu pour Reine, il la force à rougir devant la foule avide des spectateurs; et,
après l'avoir fait battre cruellement de verges, il la renvoie sous bonne escorte dans
son obscure réduit.

Rien ne saurait peindre la joie et le con-
tentement de notre sainte, à l'issue de cette

première épreuve qu'elle subissait devant les puissances de la terre. C'est que le Seigneur accorde à ceux qui l'aiment des douceurs que n'ont jamais éprouvées les partisans du monde, même au sein de leurs fêtes les plus brillantes. Comme les Apôtres, l'héroïne d'Alise se croyait heureuse d'avoir supporté un affront pour la gloire de son Dieu ; et à peine fut-elle rendue à elle-même, dans son étroite cellule, qu'elle passa plusieurs jours et des nuits entières à remercier le Ciel de la protection qu'elle en avait reçue, et à mériter, par une ferveur nouvelle, la grâce de confesser encore Jésus-Christ avec plus de courage.

Tels étaient les accents que répétaient les échos de sa prison : « O Dieu, dont l'éternelle lumière dissipe les ténèbres des plus affreux séjours, voyez l'état déplorable où m'ont jetée mes ennemis et les vôtres; je crie vers vous, Seigneur, les yeux mouillés de larmes, et vous demande, non pas de venger sur mes bourreaux, par une terreur subite, les droits de votre justice qu'ils ont si indignement méconnue; mais plutôt

de prémunir mon cœur contre les mauvais
desseins qu'ils ont médités contre moi, et
de fortifier ma faiblesse au milieu des rigueurs dont ils veulent encore éprouver
ma constance. O vous, dont la présence se
prolonge d'un bout de l'univers à l'autre,
pour disposer toute chose avec force et sua-
vité, Sagesse incréée, répandez dans mon
âme ce souffle divin d'où découle la pléni-
tude de tous les dons parfaits, cet esprit
de grâce et de persuasion qui animait vos
Apôtres, lorsqu'ils portèrent pour la première fois votre nom devant l'assemblée
des enfants d'Israël. Mon corps est faible,
je le sens, mais ma volonté est plus forte
que la mort; et c'est vous qui m'inspirez
ce courage, selon la parole que vous m'en
avez donnée dans les pages sacrées de votre
Evangile. Lorsque vous serez conduits devant les magistrats et les rois de la terre,
disiez-vous à vos chers disciples, ne vous
inquiétez pas comment vous parlerez, ni
de ce que vous direz : ce que vous devez
dire, vous sera donné à l'heure même,
car ce n'est pas vous qui parlez, mais l'es-

prit de votre Père qui parle en vous (1).
Soyez béni, mon Dieu, vous qui daignez
me donner l'innocence et les moyens qui la
font triompher; soyez béni, vous qui pre-
nez un soin tout particulier de votre humble servante. Voilà vos bienfaits, Seigneur;
mais où est ma reconnaissance? Ah! que
ne puis-je faire entendre du moins aux
oreilles de tous les hommes ces paroles si
consolantes : Vous êtes mon protecteur et
mon asile; vous êtes mon Dieu, j'espèrerai
en vous. Vous m'avez délivrée des rets du
chasseur et de la contagion des calamités;
vous m'avez couverte de votre ombre, et
mon espérance a crû sous vos ailes (2). »

Ce cantique d'action de grâces fut tout
à coup interrompu sur les lèvres de Reine,
par une voix qui ne lui était pas inconnue,
et par la présence d'une personne qui s'a-

---

(1) *Ad præsides et ad reges ducemini propter me, in tes-
timonium illis et gentibus. Cum autem tradent vos, nolite
cogitare quomodo, aut quid loquamini; dabitur enim vobis
in illa hora quid loquamini. Non enim vos estis qui loqui-
mini, sed Spiritus Patris vestri, qui loquitur in vobis* (S.
Math., 10).

(1) *Dicet Domino : Susceptor meus es tu et refugium
meum; Deus meus, sperabo in eum, quoniam ipse liberavit me de laqueo venantium et à verbo aspero. Scapulis
suis obumbrabit tibi, et sub pennis ejus sperabis* (P. 90).

vançait dans l'ombre, un flambeau à la main : c'était la voix et la présence de celle qui avait guidé ses tendres années dans les sentiers de la vertu ; c'était sa nourrice qui, à force de prières et de sacrifices, avait enfin adouci la férocité de ses gardes, et pénétré ainsi dans l'intérieur de son cachot.

Retirée du monde, et vivant isolée dans une maison qui n'était fréquentée que par des Chrétiens éprouvés, la nourrice de Reine avait ignoré jusqu'à ce jour les fâcheux événements dont elle avait été victime. Elle était même partie, selon la promesse qu'elle lui en avait faite, pour aller la visiter à la campagne ; mais quelle ne fut pas sa surprise, lorsque, arrivée au milieu des champs, elle aperçut ses moutons qui erraient çà et là, sans guide, à travers les vastes prairies ! — Instinct admirable des animaux ! ils semblaient redemander, par leurs bêlements plaintifs, la main de celle qui leur avait prodigué tant de soins ! — La nourrice eut alors un funeste pressentiment de ce qui était arrivé, et pour s'en mieux assurer, elle court à la ferme, où elle trouve tous ceux qui l'habitaient dans l'affliction et le désespoir. Là on lui raconte, parmi les larmes et les sanglots, le passage d'Olibrius, l'enlèvement de leur maîtresse par les soldats de sa suite, son premier interrogatoire à la ville, et les mauvais traitements qui en ont été la conséquence. — A ce triste récit, le cœur de la pauvre femme est navré de douleur et rempli de crainte pour l'avenir; car ce n'était pas seulement pour les jours de Reine qu'elle éprouvait de sérieuses inquiétudes : elle appréhendait surtout de la voir renoncer à sa foi, entraînée par l'attrait de la séduction ou vaincue par la violence des supplices. Elle s'empresse donc de rentrer dans Alise, et après avoir surmonté des difficultés sans nombre, elle put enfin jouir de la présence de cette chère enfant, qui faisait l'unique objet de ses craintes comme de ses espérances.

Combien doux et touchants durent être les épanchements de ces deux âmes unies par les liens les plus purs de la charité chré-

tienne ! Quel bonheur pour la femme chrétienne de voir la jeune fille qu'elle avait
adoptée, déjà mûre pour le ciel ! Et qu'elle
consolation aussi pour Reine, d'être visi-
tée dans les chaînes qu'elle portait pour
Jésus-Christ, par celle qui lui avait fait connaître et aimer sa loi sainte ! Aussi son désir ne fut-il jamais plus ardent pour la
couronne du martyre et pour les tourments qui y conduisent.

CHAPITRE VI.

Départ d'Olibrius pour la Germanie; sort de sainte Reine en son absence; retour du gouverneur; dernières épreuves de Reine; elle consomme son martyre.

> *Id enim quod in præsenti est momentaneum et leve tribulationis nostræ, suprà modum in sublimitate æternum gloriæ pondus operatur in nobis.*
>
> Les afflictions si courtes et si légères de la vie présente produiront pour nous le poids éternel d'une sublime et incomparable gloire (2 Corinth., 4. 17).

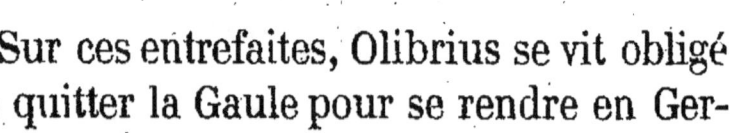

Sur ces entrefaites, Olibrius se vit obligé de quitter la Gaule pour se rendre en Germanie. Voici à quelle occasion.

Après avoir ravi la liberté à la plupart des peuples de l'ancien continent, Rome s'était plongée dans la corruption la plus éhontée; puis elle avait mis le comble à la

mesure de ses crimes par l'effusion du sang
chrétien : mais approchaient les temps an-
noncés par le prophète de Patmos, et l'ange
de l'abîme allait verser sur cette grande
prostituée la coupe de la colère divine. Dès
la fin du troisième siècle, du nord au midi,
du couchant à l'aurore, des flots de Barbares se précipitaient de tous côtés sur le
vieil empire en dissolution, et franchissaient
d'un bond ses faibles et inutiles barrières.
Les tribus remuantes des bords de la Vis-
tule donnèrent le premier signal de l'indé-
pendance. Elles furent d'abord repoussées
avec succès par les armées romaines; mais
leur audace redoublant à mesure que les
Césars devenaient plus impuissants, les
Gaules furent bientôt le théâtre de leurs
fréquentes incursions. Pendant qu'Olibrius
était retenu dans Alise, on apprit qu'une
nombreuse famille de Sicambres venait de
passer le Rhin et de s'établir dans la seconde Belgique. Le danger était pressant,
et l'empereur, occupé dans la Basse-Pan-
nonie, ne pouvait le conjurer ; c'était au
proconsul des Gaules de repousser leurs

attaques, et de veiller à la sûreté de sa province. Olibrius ne fut point en demeure ; car aussi bon soldat que cruel persécuteur, il quittait sans peine les douceurs du repos pour les fatigues et les dangers de la guerre.

Son nom était célèbre dans tout l'Orient, où il avait triomphé à la fois des Bactriens, des Hyrcaniens et des Parthes, ces éternels ennemis des Romains. Il avait aussi contenu, par sa fermeté, l'esprit des légions de Syrie, qui auraient voulu un empereur de leur choix, et rejeter celui qu'avaient acclamé les armées d'Occident ; et ce fut en reconnaissance de tant de services rendus à sa cause, que Dèce lui donna, comme nous l'avons vu plus haut, l'importante préfecture des Gaules.

Olibrius se vit donc obligé de quitter Alise ; mais avant de s'en éloigner, il veut voir celle qu'il aimait avec une passion toujours croissante, et briser, s'il est possible, les chaînes dont il ne l'avait chargée qu'à regret. Il espérait d'ailleurs que sa captive se rendrait enfin aux dernières concessions que son départ précipité le mettait dans la nécessité de lui faire.—Nouvelle déception ! Reine ne veut d'autre époux que Jésus, et d'autre religion que l'Évangile. Olibrius ne peut contenir le dépit qui l'irrite ; et se livrant à une violence inouïe, il frappe lui-même cette jeune fille, pour laquelle il manifestait tantôt des sentiments si pleins de compassion et de tendresse. Ainsi l'amour le plus ardent se change tout à coup en une aversion profonde, et venge ses déboires sur l'objet qui faisait naguère ses plus chèrs délices.

Tels furent les adieux d'Olibrius, et le sort de Reine n'en devint que plus malheureux. Elle fut conduite dans une prison particulière que lui avait préparée l'atroce jalousie du gouverneur, et attachée aux parois d'une pierre énorme, avec un cercle de fer que l'on voyait encore avant la révolution dans l'abbaye de Flavigny, où la piété des fidèles l'avait en grande vénération. Ce cercle se terminait par deux branches effilées, dont les bouts étaient réunis par un pivot immobile.

Ce genre de supplice était nouveau et barbare. Le patient qui le subissait était dans une insomnie continuelle, à cause de la position verticale qu'il était forcé de garder, n'ayant d'autre soutien que ses pieds, d'autre appui que sa colonne et ses fers.

C'est ainsi que notre sainte resta près d'un mois sans fermer la paupière, ni reposer quelque part ses membres tout endoloris par les coups de fouet qui les avaient déchirés. Et pourtant ce n'était pas là son plus rude tourment. Son père, ses parents, les compagnes de son âge, tout ce qu'il y avait de plus influent dans la ville, venait tour à tour à tour éprouver sa constance, tenter sa foi. Quelle épreuve plus terrible, quelle position plus délicate, que celle où la nature et le sang, le monde et l'enfer, réunissaient leurs efforts, pour triompher d'une enfant qui comptait à peine quelques années d'existence! Et cette enfant était reléguée dans un humide cachot, engourdie par une longue et douloureuse captivité! Mais le doigt de Dieu était là, ce même doigt qui déjà avait écrit le nom de Reine dans le livre de vie ; et puisque le Ciel prenait si ouvertement le parti de l'innocence, quelle puissance aurait pu prévaloir ?

Olibrius ayant terminé heureusement l'expédition qu'il avait dirigée contre les envahisseurs du nord, se hâta de rentrer dans Alise. Reine s'offrit la première à sa pensée. L'absence qu'il venait de faire, le souvenir d'une belle âme persécutée, les obstacles qui avaient contrarié son amour, tout lui rendait, ce semble, cet objet plus cher à son cœur. Cette fois, il veut la voir en particulier et lui parler sans témoins ; et comme par le passé, sa passion, toujours aveugle, se promettait une victoire aussi facile que longuement attendue. Il la prie, il la sollicite, il la conjure même par le Dieu qu'elle adore, de ne plus s'opposer à leur félicité commune... Mais la foi et la constance de Reine avaient grandi dans les tourments, suivant ces paroles de l'apôtre : *Virtus in infirmitate perficitur*, la vertu se perfectionne dans l'adversité ; et de même que les flots viennent se briser impuissants con-

tre l'édifice qu'on a bâti sur le roc, de
même aussi les efforts et les sollicitations
d'Olibrius demeuraient sans effet devant la
fidélité de la jeune Chrétienne. Le gouverneur comprit enfin que toutes ses démarches seraient vaines, et qu'il fallait renoncer à l'espoir de la ramener ; mais furieux
de voir que ses tentatives n'avaient servi
qu'à l'humilier et à le compromettre, il jure
par ses dieux et le nom de l'empereur, de
laver dans le sang de la jeune fille la honte
et l'ignominie dont elle l'avait couvert
tant de fois. L'effet suivit de près cette terrible menace. Il quitte son palais et se rend
au Forum, escorté d'un foule nombreuse.
Reine paraît bientôt au milieu de ses satellites ; Olibrius leur ordonne de déchirer
son corps avec des verges de fer, et de l'é-
tendre ensuite sur un chevalet, afin de lui
disloquer les membres et de lui briser les
os. L'œuvre du bourreau ne fut point en
retard, et dans quelques instants, une
chair aussi délicate n'offrit plus que l'aspect d'une plaie sans limite comme sans
remède. Aussi la multitude des païens,

malgré leur avidité pour de si affreux spectacles, ne purent-ils retenir leurs cris d'indignation. Le préfet en fut effrayé; et après avoir fait reconduire Reine dans sa prison, il se hâta de quitter la place publique, pour prévenir une émeute qu'il voyait sur le point d'éclater. Laissons nous-mêmes ce théâtre de cruauté, et allons nous édifier avec la noble héroïne dans les faveurs que le Ciel lui a réservées. Et vous, pieux lecteur, qui venez d'être attendri par une scène aussi déchirante, bannissez de votre cœur toute compassion, Reine ne souffre plus : Dieu a daigné la visiter et changer sa tristesse en une joie ineffable.

La nuit même qui suivit cette flagellation et les cruelles épreuves du chevalet, notre sainte fut ravie en extase, et comme Jacob, elle aperçut durant son sommeil un signe mystérieux : c'était une croix lumineuse qui s'élevait de la terre au ciel, et au haut de laquelle se tenait une colombe dont l'éclat et la blancheur dissipèrent en un instant l'obscurité de son cachot. En même temps une voix se fit entendre : Je vous salue, ô Reine, digne épouse du Christ; je viens vous apporter les consolations du Ciel, et vous dire que cette croix que vous voyez si brillante, vous apparaîtra tantôt au séjour de la gloire et de la paix.—A la messagère céleste, Reine ne répondit que par un profond soupir, ne désirant autre chose que de voir la dissolution de son corps et d'être réunie à son Dieu.

Ce moment heureux ne se fit pas attendre. Le préfet des Gaules avait résolu d'en finir avec une enfant qui avait constamment contrarié ses désirs. Le jour suivant commençait à peine à luire, qu'il fit amener la patiente une dernière fois devant son tribunal. Ici, quelle merveille étonnante dut frapper l'imagination d'Olibrius! L'empreinte des tortures de la veille avait entièrement disparu : Reine était douce, belle, résignée! Le cœur du préfet se sentit ému; mais il s'était trop avancé, et il ne pouvait revenir sur ses pas. D'ailleurs, il ne voyait dans ces prodiges de la foi chrétienne, il n'y voyait, comme la plupart des païens, qu'un charme ou un maléfice qu'il lui était impossible de vaincre. Il chasse donc de son âme tout sentiment de pitié ; et, se rappelant l'amertume dont la jeune fille n'a cessé de l'abreuver, il la fait attacher à un poteau en forme de croix, et ordonne d'appliquer à ses côtés mis à nus des torches enflammées que l'on change à chaque instant de place, afin de lui rendre le supplice plus douloureux en la brûlant avec lenteur. Ce n'est pas assez : les tyrans cherchent une barbare jouissance dans les tortures de leur victime ; leur cruauté aime les raffinements, et s'épuise à de nouvelles inventions. Ainsi, à mesure que la flamme pénétrait dans les blessures de la jeune martyre, et que ses chairs calcinées se détachaient en lambeaux, Olibrius avait soin de faire plonger son corps dans une cuve d'eau froide, mêlée d'huile et d'autres matières combustibles, afin de donner au feu un aliment plus actif.

Mais toujours invincible, Reine était heureuse de confesser sa foi au milieu de plus affreux tourments. Son cœur, plus embrasé d'amour que son corps ne l'étai par le feu qui le consumait, envoyait vers les cieux les plus purs élans : « O Dieu, s'écriait-elle, brûlante de charité, votre parole est une flamme, et voilà pourquoi je l'ai chérie et confessée ! O Dieu, vous m'avez fait passer par le feu et par l'eau, et vous m'avez conduite au rafraîchissement (1) ! » *Ignitum eloquium tuum vehementer, et servus tuus dilexit illud* (Ps. 118). *Transivimus per ignem et aquam, et eduxisti nos in refrigerium* (Ps. 65).

Pendant qu'elle répétait ainsi les passages inspirés du prophète royal, et qu'elle parlait avec confiance aux païens qu'elle voulait enfanter à la vérité, plusieurs miracles vinrent à l'appui de ses paroles. Ses liens se brisèrent d'eux-mêmes, et l'eau trouble où on l'avait plongée à différentes reprises, devint claire et limpide comme le cristal des sources les plus pures. En

---

(1) Au troisième siècle, un célèbre martyr de l'Église gallicane, saint Baudile, répétait les mêmes paroles sur le bûcher où l'avaient jeté les païens de Nîmes. Du milieu de ce brasier, ajoute la légende, l'intrépide soldat, enflammé du feu de l'Esprit-Saint, ne cessa de chanter les louanges du Seigneur, que lorsqu'il fut frappé de la hache du bourreau.

même temps, l'horizon s'obscurcit, et de sombres nuages, sillonnés en tout sens par l'éclat de la foudre, apportèrent de tout côté la désolation et la mort. La terre trembla, et plusieurs temples d'idoles s'abîmèrent jusque dans leurs fondements. Enfin les païens, effrayés, allaient prendre la fuite et chercher un refuge au sein de leurs demeures, lorsqu'ils furent retenus par un nouveau prodige. La colombe qui, la nuit précédente, avait apparu à Reine dans sa prison, fend les airs avec la rapidité de l'éclair, et s'approchant de la jeune martyre, elle dépose visiblement sur sa tête une riche couronne qu'elle tenait à son bec; tandis que la même voix qui tantôt l'avait fortifiée, faisait entendre ces paroles consolantes : « Reine, vous avez bien mérité; encore quelques instants, et vous recevrez la digne récompense de vos travaux. »

Tant de merveilles ne pouvaient manquer de remuer la conscience de la foule qui en était témoin. Un grand nombre de païens, prévenus par l'effet de la grâce, jurèrent sur le théâtre même du martyre, de n'avoir jamais d'autre Dieu que celui que Reine venait de confesser avec tant de courage et de fidélité.

Voici comment s'exprime à cette occasion un auteur tragique de sainte Reine :

Nous sommes bien ici huit cents tous résolus
D'être présentement du nombre des élus
De votre bien-aimé ; et quand, à l'heure même,
Il nous faudrait souffrir une mort plus qu'extrême,
Nous confessons tout haut qu'il est l'unique Dieu,
Seul digne d'être aimé et servi en tout lieu :
Nous ne craignons les fers, les tourments ni les flammes,
S'il nous faut, comme vous, pour lui donner nos âmes.
S'il est besoin, nos cols se tendront de bon cœur
Sous les coups foudroyants du glaive meurtrisseur ;
Tout autant que nos corps auront du sang à rendre,
Pour ce Dieu tout-puissant nous le voulons répandre.

A un changement aussi inatttendu, au tumulte qui grandissait au milieu de la confusion, le cœur faillit à Olibrius, et il conçut pour ses jours les craintes les plus sérieuses. Il charge le centurion de prendre les mesures nécessaires pour comprimer la fureur de la multitude ameutée, et il quitte son tribunal, après avoir ordonné au licteur de conduire Reine hors des murs de la cité et de lui trancher incontinent la tête.

Arrivée au lieu de l'exécution, la sainte, dit une pieuse chronique, tendit son cou au bourreau avec une admirable présence d'esprit, et dans un transport de joie que rien ne saurait exprimer ; là , on l'entendit prier pour ses persécuteurs , et pardonner à tous ceux qui l'avaient fait souffrir ; elle se recommanda une dernière fois à Dieu, puis son âme toute bénigne s'envola au séjour des élus le 7 septembre 253, sous l'empire de Dèce, Olibrius étant préfet des Gaules.

A l'endroit où elle consomma son glorieux martyre , il a jailli depuis une source abondante, où la piété des fidèles trouve la guérison du corps et la santé de l'âme.

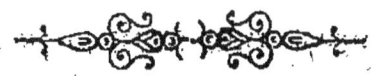

APPENDICE.

Translation des reliques de sainte Reine.

> *Ossa ejus pullulaverunt de loco suo. Memoria ejus in benedictione in æternum.*
>
> Que ses ossements sortent de leur tombeau, que sa mémoire soit à jamais bénie (Ecclésiast., 4.)

Le corps de sainte Reine fut enseveli par les Chrétiens d'Alise ; et les divers instruments qui avaient servi à son supplice, recueillis avec soin, furent déposés dans le tombeau qui reçut sa dépouille mortelle. Les années qui suivirent furent encore des jours de douleur pour les enfants de l'Église ; et les deux siècles suivants semblaient avoir effacé pour toujours le souvenir et les traces de l'héroïne d'Alise. Mais la croix du Seigneur veille auprès de a cendre des élus ; et lui-même , selon le témoignage de l'Esprit-Saint, il rend à leur mémoire la couronne d'honneur que leur refusent et l'ingratitude et l'injustice des hommes. Non, les précieux restes de Reine ne pouvaient demeurer à jamais ensevelis dans la poussière de sa tombe; et cette brillante étoile, obscurcie par le voile funèbre de la mort, devait se lever en son temps plus éclatante et plus radieuse qu'à son coucher.

Ce ne fut cependant que vers le cinquième siècle, et peut-être aussi vers le commencement du suivant, c'est-à-dire au moment où les Chrétiens purent reprendre le libre exercice de leur culte, que l'on bâtit une Eglise sur le tombeau de sainte Reine, près de l'ancienne ville d'Alise, qui ne fut plus dès lors qu'un village sans importance de l'Auxois à qui elle a donné son nom *(Pagus Auxiacus)*. On y construisit ensuite un petit monastère; peu à peu la dévotion des peuples y fit multiplier les bâtiments, de manière que cet endroit devint une petite ville connue dès lors sous le nom de Sainte-Reine.

L'abbé Widrade, l'un des riches seigneurs de Bourgogne du temps de Charles-Martel, fondateur du célèbre monastère de Flavigny, orna et enrichit avec luxe la chapelle de la sainte. Il répara même son petit monastère, qui fut mis dès ce moment sous la dépendance de celui de Flavigny. Mais cette dernière abbaye tomba souvent depuis Widradre sous l'administration des séculiers, qui négligèrent beaucoup l'église et le sépulcre de sainte Reine dont ils ne laissaient pas de retirer les revenus. C'est ce qui fut cause que la dévotion qu'on avait eue jusque-là en la sainte se ralentit insensiblement, au point de laisser perdre la connaissance de l'endroit même où son corps avait été déposé.

Le roi Charles-le-Chauve ayant donné à un saint prêtre, nommé Egil, l'abbaye de Flavigny, pour la remettre en bon état et y faire garder la discipline avec une sévère exactitude, cet homme, qui avait de la piété et du zèle, voulut réparer le tort que la négligence de ses prédécesseurs avait causé au culte de sainte Reine. Et pour

s'en mieux acquitter, il jugea nécessaire
de transférer le corps de la sainte à l'abbaye de Flavigny, après en avoir obtenu
la permission du roi et de Jonas, qui occupait alors le siége d'Autun. Mais une grande
difficulté venait traverser le pieux dessein
d'Égil : c'était l'ignorance complète de l'endroit où reposaient les saintes dépouilles.
Dans ce but, il ordonna à tous ses religieux
des prières et un jeûne rigoureux de trois
jours; puis, aidé lui-même des conseils
d'un saint évêque appelé Salocon, suffra-
gant ou vicaire de celui d'Autun, il visita
plusieurs fois les lieux les plus remarqua-
bles dont la mémoire s'était conservée touchant la sépulture de sainte Reine. Néanmoins ces recherches ne purent obtenir un
résultat satisfaisant; et l'esprit d'Egil se
perdait en conjectures, lorsque Dieu vint seconder la pureté de ses intentions et lui indiquer un nouveau moyen de réussite. Il lui
envoya pendant son sommeil cette même
colombe qui avait autrefois consolé la jeune
Vierge dans la détresse de son cachot, et
qui plus tard avait déposé sur sa tête la

couronne de son triomphe. La colombe lui
rappela les principales circonstances de son
martyre; et après lui avoir fait le tableau
des récompenses que Reine avait reçues
dans l'éternité bienheureuse, elle lui parla
aussi des châtiments que Dieu avait infli-
gés à ceux dont la coupable négligence
avait laissé perdre sa dévotion, et du
grand désir qu'il avait de rendre son
culte public comme par le passé, afin
d'accorder par son intercession de nouvelles
grâces à ceux qui l'invoqueraient avec
confiance. En même temps l'oiseau sym-
bolique le transporta en esprit, et lui indi-
qua le lieu véritable de la sépulture et les
moyens qu'il fallait employer pour en ex-
traire le riche trésor qui y était caché. Le
cœur de l'humble prêtre fut tout réjoui
de cette révélation, et il mit tout en œuvre
pour obéir à la volonté du Ciel qui se pro-
nonçait d'une manière aussi visible.

Cependant les fouilles se continuaient
sans succès, et après plusieurs jours de
recherches inutiles, les ouvriers découra-
gés allaient renoncer encore à leur entre-

prise, lorsque la messagère céleste reparut une dernière fois, et alla se reposer elle-même sur la pierre tumulaire où étaient renfermés les restes de l'auguste martyre.

Ce fut un jour de bien douces jouissances pour les habitants d'Alise, que celui où il leur fut donné de contempler de leurs propres yeux le gage de leur amour et l'assurance de leurs vœux. On ouvrit le tombeau de la sainte aux applaudissements d'une multitude ivre de joie, et on en tira ses ossements sacrés pour les déposer dans une châsse magnifique que l'on porta au milieu d'une grande pompe dans la chapelle qu'on lui avait destinée dans l'église de Flavigny. — Parmi les personnages qui furent présents à cette solennité, nous nommerons Jonas, évêque d'Autun, Salocon et Egil, dont nous avons déjà parlé; le duc de Bourgogne avec sa nombreuse suite, enfin plusieurs personnages illustres de cette époque et dont quelques-uns avaient été députés par la cour elle-même.

C'est ainsi que la petite ville de Sainte-Reine fut dépouillée du plus précieux trésor qu'elle possédait au dedans de ses murs, et qui lui attirait tous les ans un si prodigieux concours de peuple. Toutefois la dévotion des pèlerins n'aurait pas été complétement satisfaite en s'éloignant de Flavigny, s'ils n'avaient pas visité les lieux que sainte Reine avait sanctifiés par l'effusion de son sang. Chaque année il se faisait même de Flavigny, qui n'en est éloigné que de quatre kilomètres, ainsi que de plusieurs paroisses environnantes, des processions solennelles pour honorer le tombeau de la sainte et la fontaine où elle avait été décapitée. C'est là, vers ces anciens souvenirs comme dans tous les sanctuaires élevés en l'honneur de la même sainte, que la foule des fidèles ne cesse de se rendre encore pour obtenir quelque faveur du Ciel par l'entremise de sa puissante protection ; et les nombreux miracles qui s'y opèrent chaque jour justifient leur foi et confirment le pouvoir de celle dont la mort fut précieuse aux yeux du Seigneur (1).

(1) *Pretiosa in conspectu Domini mors sanctorum ejus* (Ps. 115).

La translation des reliques de sainte Reine se fit le 22 mars de l'an 864; mais la fête n'avait lieu que le 22 du même mois, pour ne point déplacer l'office de saint Benoît, dont les religieux de Flavigny suivaient la règle.

Outre cette fête et celle du 7 septembre, qui est la principale et qui passe pour le jour de son martyre, on trouve encore celle de l'élévation de son corps marquée au 17 mars dans divers martyrologes. La Pentecôte, la Trinité et la Toussaint sont des jours de commémoration ou fêtes de dévotion.

FIN DE LA VIE DE SAINTE REINE.

RÉPONSE A QUELQUES OBJECTIONS.

—⚬—

Quelques critiques, un peu sévères peut-être, ont vu tant de prodiges et de péripéties dans l'histoire de sainte Reine, qu'ils ont pensé qu'elle pouvait bien être le fruit d'un zèle mal entendu ; ils ont trouvé certaines contradictions dans les auteurs, quelques anachronismes dans les dates, et ils ont conclu qu'elle n'avait pas les marques d'une authenticité suffisante ; enfin, les devises, les entretiens, les citations indiquent le travail, et partant la vanité et les recherches d'un biographe.

Et d'abord, s'il n'y avait pas du merveilleux dans la vie des saints, comment Dieu serait-il admirable dans les voies qu'ils parcourent? et comment le prophète pourrait-il dire : *Mirabilis Deus in sanctis suis ?* —Oui, Dieu est admirable dans ses saints ; et de même que les trésors de sa sagesse et de sa science sont une profon-

deur pour l'apôtre, et que pour lui ses jugements
sont incompréhensibles et ses voies impénétra-
bles, de même aussi ceux que Dieu a appelés
selon son décret pour être saints, et qu'il a des-
tinés pour être conformes à l'image de son fils,
mènent ici-bas une existence toute miraculeuse,
une vie toute divine et à laquelle ne pourront
jamais s'élever les efforts impuissants de notre
nature déchue. — Eh quoi! l'histoire de Joseph
serait donc un conte, les souffrances de Job
un drame élégiaque, les livres de Judith et d'Es-
ther, le délicieux épisode de Ruth et de Noé-
mi, des romans inventés à plaisir, parce qu'on
y trouverait des prodiges et du merveilleux?
— Loin de nous assurément la pensée de donner
à notre travail l'importance des monuments de
l'antiquité sacrée! A Dieu ne plaise! car Dieu seul
est vérité, et c'est lui qui a parlé par la bouche
des écrivains sacrés. Mais il nous semble juste
aussi de revendiquer les droits que les historiens
de sainte Reine ont acquis à notre confiance, et
de défendre autant qu'il est en nous les pieuses
traditions de nos pères. Et pour ne pas entrer
plus avant dans cette matière en discutant des
questions purement oiseuses et toutes métaphysi-
ques, n'est-il pas vrai de dire que tout est
merveille autour de nous, et que nous marchions
sur des miracles, pour me servir de l'expression

d'un homme aussi judicieux que spirituel ? Et sans parler ici de ces-âmes d'élite qui ont eu, leur vie durant, des communications si intimes avec le ciel, monde mystérieux ; quel est celui d'entre nous qui n'a pas une époque, une circonstance du moins, dans le cours de sa vie, marquée par un de ces évènements extraordinaires où viennent échouer toutes les conjectures de la science humaine ?—Taisez-vous donc, raisonnements humains, dirons-nous avec Bossuet, et soyez attentifs à la voix de l'apôtre qui nous dit : « Je détruirai la sagesse des sages, et je rejetterai la science des savants. Que sont devenus les sages et les savants du siècle ? Dieu n'a-t-il pas convaincu de folie la sagesse de ce monde ? Tandis que ce qui paraît en Dieu une folie est plus sage que les hommes, et ce qui paraît en Dieu une faiblesse est plus fort que les hommes... » Mais l'homme matériel ne perçoit pas les choses qui sont de l'esprit de Dieu : elles lui paraissent une folie et il ne peut les comprendre : *Animalis autem homo non percipit ea que sunt spiritus Dei : stultitia enim est illi et non potest intelligere* (I. *Corinth.*).—Au reste l'histoire de sainte Reine n'est pas unique en son genre. L'Église honore une martyre dont les destinées furent absolument les mêmes. Comme l'héroïne d'Alise, sainte Marguerite appartenait à des pa-

7*

rents riches mais idolâtres ; privée de sa mère
dès le plus bas âge, elle fut également confiée à
une nourrice chrétienne qui la convertit à sa
foi ; comme Reine, elle fut persécutée par son
propre père et réduite à faire paître les troupeaux dans les champs ; enfin, elle fut rencon-
trée en chemin par un autre Olibrius, qui fut
épris de sa beauté et qui devint son bourreau,
n'ayant pu se faire adopter pour époux.

Sainte Marguerite fut martyrisée à Antioche
de Pisidie, en 275, sous le règne de Dioclétien.

2° On ne peut faire non plus de sérieuses
objections sur des faits et des dates qui semblent contradictoires : ces faits n'atteignent
point la substance des récits, et ces dates d'une
biographie particulière ne sauraient avoir une
influence quelconque.

Est-il rien d'étonnant que l'on trouve quelque obscurité dans la légende de sainte Reine,
si l'on se rappelle que les actes de son martyre
remontent aux premiers siècles de l'Eglise,
c'est-à-dire à une époque de cruelles persécutions contre tous les disciples de l'Évangile, alors
où l'on ne pouvait transmettre que par la seule
voie de la tradition les principales circonstances de la vie et de la mort d'un athlète chrétien, prodigue de son sang ? — Après la guerre des tyrans, arrivèrent, à peu de distance,

les invasions des peuples du nord ; et sous leurs pas le sol de la patrie fut bouleversé, les monuments furent détruits, et la civilisation romaine étouffée sous les ruines qu'amoncelait le passage des barbares. — Toutefois, quelque chose de plus grand et de plus durable survivait à tant de désastres et à tant de révolutions : c'était la foi des Chrétiens ; et cette foi de l'Israël de Dieu (*Gal*, VI, 16), et ces espérances pour des jours meilleurs, se traduisaient tout entières dans la profonde vénération qu'ils avaient pour la mémoire de ceux de leurs frères qui avaient donné leur vie pour le triomphe de leur religion. Toute l'antiquité chrétienne repose sur des tombeaux ; c'est là qu'a commencé l'histoire de ses glorieux trophées. De là, dit un auteur (Mr Bouange, dans la vie de sainte Atilie), ce zèle et cette attention minutieuse pour recueillir les reliques de leurs martyrs, afin de les soustraire à la profanation de leurs ennemis et de les conserver à la vénération des fidèles à venir ; de là, le nom de catacombes (couche pour se reposer), donné à ces augustes sanctuaires de la mort. Lorsqu'un Chrétien avait répandu son sang pour la foi, on s'empressait d'enlever ses restes sacrés, au besoin même on les achetait à prix d'or ; on ramassait avec un soin religieux jusqu'aux plus petites parcelles de ses membres ;

on ramassait avec des éponges ou des linges les
gouttes de son sang, pour que ses funérailles
fussent entières, selon l'expression d'Aurèle-
Prudence ; et on portait ensuite cette sainte dépouille dans l'une des cryptes souterraines. Le
long des galeries de ces cavernes, étaient pré-
parés d'avance des tombeaux de toute dimen-
sion, creusés dans le tuf et superposés les uns au-
dessus des autres. On y ensévelissait au chant
des hymnes et des cantiques, le corps du martyre, et on plaçait auprès de lui les instruments
de son supplice, lorsqu'on avait pu se les pro-
curer, et le vase contenant son sang, quand on
avait pu le recueillir ; puis on murait le sépulcre
avec du marbre, de la brique ou du mortier, et
on gravait sur la pierre sépulcrale le nom du
généreux athlète.

Quelquefois aussi à cette inscription no-
minale, se joignaient tantôt quelques détails,
mais peu nombreux, sur les causes, l'époque
ou les circonstances du martyre, tantôt des expressions : *in pace, pax tecum, etc.* : il repose dans
la paix, la paix soit avec vous ; tantôt enfin, la
palme, le monogramme grec de Jésus-Christ, ou
d'autres symboles des vertus et de l'héroïsme
de ce confesseur de la foi....

Où trouver maintenant, si ce n'est à la source
de la pure vérité, une autre origine au culte de

sainte Reine, aussi ancien et aussi universellement répandu ? Comment expliquer cet antique
tombeau où de tout temps les âmes des fidèles
se sont donné un pieux rendez-vous ? Pourquoi ce monastère de Flavigny, où de saints religieux chantaient nuit et jour les louanges de
l'auguste martyre ? Pourquoi voyons-nous les
ducs de Bourgogne placer leurs vastes États sous
la protection spéciale d'une sainte qu'ils appelaient leur bien-aimée patronne ? Pourquoi les
rois de France, de concert avec les souverains
pontifes, établissent-ils ces nombreuses conféries
au sein de leur capitale ? Enfin l'Angleterre et
l'Allemagne auraient-elles rivalisé de zèle pour
rendre un culte à un objet purement imaginaire
et qui n'aurait reposé sur aucun fondement de
l'histoire ? Mais alors ce vénénérable abbé de
Jarrow, qui le premier répandit cette dévotion
dans sa patrie, aurait été bien coupable ou plongé
lui-même dans une profonde erreur, lui qu'on a
surnommé cependant le savant précepteur de
Charlemagne, l'homme de piété, *pietatis vir*,
enfin le prince de l'académie palatine ! Assurément toutes ces raisons, et bien d'autres que
nous pourrions donner en appui à ces as-
sertions, sont plus que suffisantes pour rétablir
d'une manière irrécusable la confiance envers

sainte Reine et pour la venger des vains efforts qu'on a tentés contre elle.

3º Quant au langage que les auteurs font tenir à notre sainte, il est également facile de le justifier ; et pour cela, il suffit de jeter les yeux sur le tableau que présentait la Gaule à cette époque, et de connaître la position qu'occupait la famille de Reine au moment de sa conversion au christianisme.

La conquête romaine, en ravissant la liberté à notre vieille patrie, avait eu du moins l'avantage d'en chasser la superstition, l'ignorance et la barbarie, et d'y implanter la civilisation et l'urbanité latines, les arts et les belles-lettres qui florissaient sur les bords du Tibre. Mais il faut l'avouer aussi, la tâche du vainqueur était facile à remplir sur une terre aussi propre à la culture de l'intelligence. Dès le commencement de l'ère vulgaire, le Grec Strabon disait de la Gaule, après en avoir parcouru les lieux les plus importants : « Une si heureuse disposition du pays semble être l'ouvrage d'un être intelligent plutôt que l'effet du hasard et suffirait pour prouver la Providence. »—« La nation gauloise, disait Caton l'ancien, aime passionnément deux choses, bien combattre et finement parler, *argutè loqui.* »—Suivons les progrès qui se manifestent d'une manière sensible. A la fin du premier siècle,

Pline disait déjà de toute la Transalpine : « C'est moins une province que l'Italie même. » Et quelques années plus tard, c'est-à-dire à l'époque qui nous préoccupe, on pouvait dire avec raison, que Rome n'était plus dans Rome, mais qu'elle était passée tout entière au-delà des monts qui lui cachaient une riche terre vers l'Occident.

Dès lors, nos pères sentaient confusément que l'axe du monde était changé, et que le génie des Cicéron était devenu le domaine de leur esprit, de même que l'épée des César était demeurée dans leurs mains. — Et qu'on ne pense pas que nous n'ayons en vue que les grandes cités d'alors, Marseille, Lyon, Narbonne, Toulouse. Non, nous ne voulons pas nous écarter de notre sujet; d'autant plus qu'il nous est permis de mettre au premier rang la ville où notre sainte reçut le jour, cette fameuse Alesia, qui, selon Diodore de Sicile, devint le foyer des sciences et la métropole des Gaules.

Il n'est donc pas étonnant de voir tenir à sainte Reine des discours plus ou moins étudiés, quoique toujours tempérés par une éloquence simple et naturelle. Elle appartenait à une des premières familles de la province, et il était convenable qu'elle reçût une éducation en rapport avec la haute position qu'elle devait avoir dans le monde ; et si parfois elle est heureuse dans l'application qu'elle fait des passages de l'Ecriture sainte, qu'on se rappelle l'ardeur, le zèle infatigable que les premiers Chrétiens apportaient à cette étude, où le changement d'une seule lettre aurait suffi pour alarmer leur foi et attrister leur piété. Sans doute, les livres saints étaient peu répandus alors, à cause de la profanation qu'auraient pu en faire les païens ; mais la lettre aussi bien que l'esprit des divines Ecritures n'étaient-ils pas gravés dans le cœur de chaque fidèle ? Et ne pouvait-on pas leur appliquer dans un sens véritable ce que saint Paul disait aux Romains touchant la loi naturelle : *Opus legis scriptum in cordibus suis* : le livre de la loi était écrit dans le fond de leur cœur ?

Il est vrai que, pour éviter des longueurs et des répétitions inutiles, nous avons retranché nous-même plusieurs allocutions que sainte Reine adressa aux païens au moment de ses dernières épreuves ; mais nous n'avons jamais eu la pensée qu'elles avaient été inventées à dessein pour ajouter à l'éclat de sa renommée. Et d'ailleurs, supposons que des auteurs aient embelli quelques pages de leurs livres, en prêtant à la jeune martyre des paroles d'édification qu'elle n'aurait pas prononcées en réalité ; eh bien ! souvenons-nous que tout contribue au bien de ceux qui aiment Dieu dans l'innocence et la simplicité du cœur. *Diligentibus Deum omnia cooperantur in bonum.*

RÉSUMÉ.

Nous avons trouvé dans une antique biographie de sainte Reine quelques distiques qui rappellent les principales circonstances de sa vie, et que nous croyons devoir citer à cause de leur naïve simplicité :

> Et sa nourrice non païenne
> L'instruit à la foi chrétienne.
> Le prévost et ses sergents
> La prennent ses moutons gardant.
> Au gouverneur fut menée
> Et aussitôt condamnée.
> Ici elle est attachée
> Et de verges fustigée.
> Le tyran fait déchirer la chair
> De la sainte avec des peignes de fer.
> En prison elle appercevoit
> Une croix qui la consoloit.
> Avec des flambeaux allumés
> On lui brûle les costés.
> On la met avec sa chaîne
> Dans une cuve d'eau pleine.
> De son sang pendant la vie
> Une fontaine est jaillie.

NOTA.

Nous allons donner une courte notice des auteurs que nous avons suivis dans la biographie de sainte Reine.—Le premier et le plus ancien de ceux qui en ont parlé, est le vénérable Bède, né en Angleterre, dans le duché de Durham, en 735. Ce pieux auteur embrassa toutes les sciences de son temps et fut l'homme le plus distingué de son siècle; il a laissé une foule d'écrits, parmi lesquels se trouvent plusieurs circonstances du martyre de notre sainte.

Usuard, religieux de l'abbaye de Saint-Germain-des-Prés, sous Charles-le-Chauve, et mort en 897, fut envoyé en Espagne et dans le midi de la France pour recueillir des reliques authentiques. A son retour, il fut chargé de rédiger un nouveau martyrologe, dans lequel il s'étend longuement sur les combats et les tourments de sainte Reine.

Odo ou Odon de Deuil, dans la charmante vallée de Montmorency, né au commencement du douzième siècle, fut chapelain de Louis-le-Jeune, qu'il accompagna en Terre-Sainte. De retour en France, il fut nommé abbé de Saint-Denis, en remplacement de Suger, et ce fut en travaillant à la célèbre chronique de cet ordre, qu'il recueillit tout ce qu'on avait dit jusqu'à lui sur la vie et la mort de sainte Reine.

Enfin le père Montbrice et plusieurs relations anonymes nous ont également servi dans la rédaction de ce petit travail.

PRECES

Quæ ad altare sanctæ Reginæ, martyris, de licentiâ D. D. Episcopi Sancti-Flori, pro fidelibus recitantur

Sacerdos, superpelliceo et stolâ rubri coloris indutus, ascendit ad altare, et stans in cornu Evangelii, incohat Antiphonam.

ANTIPHONA.

Quasi meridianus fulgor

Canticum Tobiæ (Tobias XIII).

Magnus es, Domine, in æternum : et in omnia sæcula regnum tuum.

Quoniam tu flagellas et salvas, deducis ad inferos et reducis : et non est qui effugiat manum tuam.

Confitemini Domino, filii Israël, et in conspectu gentium laudate eum.

Aspicite quæ fecit nobiscum : regemque sæculorum exaltate in operibus vestris.

Ego autem et anima mea : in eo lætabimur.

Benedicite Dominum, omnes electi ejus : agite dies lætitiæ et confitemini illi.

PRIÈRES

Qui se récitent pour les fidèles à l'autel de sainte Reine, martyre, par autorisation de Mgr l'Évêque de Saint-Flour.

Le prêtre, revêtu du surplis et de l'étole rouge, monte à l'autel, et se tenant debout du côté de l'évangile, il commence l'antienne.

ANTIENNE.

Eclatante clarté du midi...

Cantique de Tobie (Tobie, chap. XIII).

Seigneur, votre grandeur est dans l'éternité, et votre règne s'étend à tous les siècles.

Vous frappez et vous guérissez, vous conduisez au tombeau et vous en retirez : nul ne peut fuir votre main.

Louez le Seigneur, enfants d'Israël : louez-le en présence des nations.

Considérez ce qu'il a fait pour nous, et que vos œuvres glorifient le roi des siècles; pour moi, mon âme se réjouira en lui.

Bénissez le Seigneur, vous tous qui êtes ses élus : que vos jours soient des jours de joie, des jours consacrés à sa louange.

Jerusalem, civitas Dei, confitere Domino in bonis tuis ; et benedic Deum sæculorum.

Luce splendidâ fulgebis : et omnes fines terræ adorabunt te.

Nationes ex longinquo ad te venient : et, munera deferentes, adorabunt in te Dominum.

Et terram tuam in sanctificationem habebunt : nomen enim magnum invocabunt in te.

Maledicti erunt qui contempserint te : benedictique erunt qui ædificaverint te.

Tu autem lætaberis in filiis tuis : quoniam omnes benedicentur et congregabuntur ad Dominum.

Beati omnes qui diligunt te : et qui gaudent super pace tuâ.

Benedictus Dominus qui exaltavit eam : et sit regnum ejus in sæcula sæculorum super eam.

Gloria Patri, et Filio , et Spiritui sancto :

Sicut erat in principio et nunc et semper : et in sæcula sæculorum. Amen.

ANTIPHONA.

Quasi meridiamus fulgor consurget tibi ad vesperam ; et quum te consumptam putaveris, orieris ut lucifer : et deprecabuntur faciem tuam plurimi, oculi autem impiorum deficient (*Job*, XI).

Jérusalem, cité de Dieu, rends grâces au Seigneur de ses bienfaits, et bénis le Dieu des siècles.

Tu brilleras d'une lumière éclatante : et les peuples de la terre te rendront hommage.

Les fidèles des contrées lointaines viendront à toi : ils viendront dans ton enceinte adorer le Seigneur et lui offrir leurs présents.

Et ils regarderont ta terre comme une terre sainte : car ils invoqueront en toi un grand nom.

Ceux qui te mépriseront seront maudits ; ceux qui contribueront à ta gloire seront bénis.

Et toi, tu te réjouiras en tes enfants, parce qu'ils seront tous bénis et unis au Seigneur.

Bienheureux ceux qui t'aiment, et qui se réjouissent de ton bonheur.

Béni soit le Seigneur qui l'a exaltée, et que son règne s'y affermisse à jamais.

Gloire au Père, et au Fils, et au Saint-Esprit.

Comme elle était au commencement, maintenant et toujours, et dans les siècles des siècles.

Ainsi soit-il.

ANTIENNE.

Votre gloire étincellera vers le soir de l'éclatante clarté du midi ; et, quand vous semblerez ensevelie pour jamais dans l'oubli du tombeau, vous vous lèverez brillante comme l'étoile du matin, et la multitude des fidèles vous offrira ses vœux et l'impie sera confondu (*Job*, chap. XI).

℣. Ossa ejus pullulaverunt de loco suo.

℟. Memoria ejus in benedictione in æternum.
(*Ecclesiastes*).

ORÉMUS.

Omnipotens et misericors Deus, qui in sanctis
tuis semper es mirabilis, et infirma mundi eli-
gis ut fortia quæque confundas; concede pro-
pitius ut, qui carissimæ sanctæ nostræ Reginæ
magnum nomen invocamus, ipsius meritis et
intercessione gratiam tuam consequi et bonorum
æternorum cohæredes fieri valeamus, per Dominum nostrum Jesum Christum, Filium tuum,
qui tecum vivit et regnat in unitate Spiritûs
sancti Deus, per omnia sæcula sæculorum.
Amen.

Deinde sacerdos, flexis genibus, dicit

O gloriosa sancta nostra Regina, intercede
pro nobis.

O carissima sancta nostra Regina, intercede
pro nobis.

O carissima sancta nostra Regina, intercede
pro nobis.

*Et tandem sanctarum reliquiarum thecam
fidelibus osculandam porrigit.*

℣. Ses ossements sont sortis de leur tombeau.

℟. Sa mémoire sera à jamais bénie. (*Ecclésiastique*, chap. 46).

PRIONS.

Dieu tout-puissant et miséricordieux, qui êtes toujours admirable dans vos saints, et qui choisissez ce qu'il y a de plus faible selon le monde pour confondre ce qu'il y a de plus fort, nous vous supplions, par les mérites et l'intercession de notre bien-aimée sainte Reine, dont nous invoquons le nom vénérable, de répandre vos grâces sur nous, et de nous rendre un jour comme elle les héritiers des biens éternels : nous vous le demandons par Notre-Seigneur Jésus-Christ, votre Fils, qui vit et règne avec vous dans tous les siècles des siècles. Ainsi soit-il.

Ensuite le prêtre se mettant à genoux, dit :

O Reine, notre glorieuse sainte, intercédez pour nous.

O Reine, notre très-douce sainte, intercédez pour nous.

O Reine, notre bien-aimée sainte, intercédez pour nous.

Et enfin il présente à baiser aux fidèles les saintes reliques.

AUTRES PRIÈRES EN FRANÇAIS TIRÉES DE L'OFFICE DE SAINTE REINE.

Pour se mettre sous la protection de sainte Reine.

O Reine, prévenue des bénédictions du Ciel dès vos plus tendres années, soyez bénie entre les âmes saintes qui adorent Dieu en esprit et en vérité.

℣. La grâce fut répandue sur vos lèvres

℟. C'est pourquoi Dieu vous a bénie dans l'éternité.

PRIONS.

Donnez-nous, Seigneur, Dieu tout-puissant et miséricordieux, la grâce de repasser dans notre mémoire les admirables vertus de sainte Reine, Vierge et martyre, afin que nous soyons protégés par ses mérites et son intercession auprès de Notre-Seigneur Jésus-Christ, qui vit et règne avec le Père et le Saint-Esprit dans tous les siècles des siècles. Ainsi soit-il.

Pour demander la foi et la pratique de bonnes œuvres.

Sainte Reine écoutait volontiers les enseignements salutaires que lui donnait sa nourrice, et prenait un grand plaisir à entendre parler du Sauveur Jésus.

℣. Dieu l'a choisie et prédestinée.

℟. Il l'a fait habiter dans son saint tabernacle.

PRIONS.

Seigneur, qui avez fait venir sainte Reine à la connaissance de votre saint nom, faites que par son intercession, nous persévérions dans la foi et la pratique des bonnes œuvres. Par Jésus-Notre Seigneur. Ainsi soit-il.

Pour toute espèce de besoins.

Le principal emploi de sainte Reine était de lire la vie des saints martyrs et de chanter des cantiques spirituels en l'honneur du vrai Dieu.

℣. Dieu l'a soutenue des regards de sa face.

℟. Et l'a comblée des torrents de sa grâce.

PRIONS.

Recevez, Seigneur, nos prières et nos vœux, et accordez-nous, s'il vous plaît, par les mérites et les souffrances de sainte Reine, toutes les grâces dont nous avons besoin. Par Notre-Seigneur Jésus-Christ. Ainsi soit-il.

Pour renoncer au monde et s'attacher à Jésus-Christ.

Reine méprisait les grandeurs du siècle et foulait aux pieds les richesses, persuadant à tout le monde de ne rien préférer à l'amour de Notre-Seigneur Jésus-Christ.

℣. C'est la bien-aimée de Dieu et des hommes.

℟. Dont la mémoire est en bénédiction.

PRIONS.

Dieu tout bon et tout miséricordieux, qui avez enrichi sainte Reine des trésors de votre grâce, nous vous supplions très-humblement de nous appliquer par l'entremise de la même sainte les mérites de Notre-Seigneur, et de nous combler de vos divines faveurs. Par le même Jésus-Christ, qui vit et règne dans tous les siècles.

Ainsi soit-il.

Pour imiter les vertus de sainte Reine.

Etant en prison, embrasée d'un ardent désir de mourir pour Jésus-Christ, elle se disposait au martyre par la contemplation des mystères de la foi.

℣. Sainte Reine, Vierge et martyre, souvenez-vous de nous.

℟. Et nous obtenez de Dieu ce qui nous est nécessaire.

PRIONS.

Accordez-nous, Seigneur, ainsi qu'à tous ceux qui honorent la mémoire de sainte Reine un zèle ardent pour la foi et le service du vrai Dieu, afin que, vous servant fidèlement, nous puissions imiter ses vertus et vous être agréable. Qui vivez et régnez dans les siècles. Ainsi soit-il.

Pour obtenir la persévérance.

Après avoir été tourmentée longtemps de divers supplices, Reine tendit le cou au bourreau, et son âme s'envola dans le ciel, où elle fut bien reçue de Jésus-Christ et rassasiée des plus pures délices.

℟. J'ai méprisé le royaume du monde et les vains ornements du siècle.

℟. Pour l'amour de mon Seigneur.

PRIONS.

Seigneur, qui avez fait la grâce à sainte Reine d'endurer la mort pour la foi, accordez-nous à son exemple de persévérer dans le bien, et faites que, mourant à nous-mêmes, nous ne vivions que pour vous. Ainsi soit-il.

Pour demander la grâce d'une bonne mort.

O l'âme bienheureuse qui aimait de toutes ses forces Notre-Seigneur Jésus-Christ ! ô la très-sainte fille, qui a fait connaître sa constance à toute la terre! Elle a vaincu le monde, la chair et le démon ; c'est pourquoi elle triomphe aujourd'hui dans la gloire.

ỳ. Glorieuse sainte, priez pour nous.

℟. Maintenant et à l'heure de notre mort.

PRIONS.

Faites-nous la grâce, s'il vous plaît, Seigneur, d'honorer d'une dévotion continuelle les vertus de sainte Reine , afin qu'à l'heure de notre mort, nous soyons dignes des promesses de Notre-Seigneur Jésus-Christ, qui vit et règne dans tous les siècles des siècles. Ainsi soit-il.

PRIÈRE A LA CROIX.

O Jésus! mon Sauveur, je vous adore sur le lit de vos douleurs , avant de vous témoigner toute ma gratitude sur l'autel de votre amour. Je sais que ce sont mes péchés qui vous ont couvert d'opprobres, déchiré de coups et fait expirer sur la Croix, parmi les plus cruelles angoisses de la mort; et cependant, tout pécheur et tout misérable que je suis, je m'approche avec confiance du trône de vos miséricordes, persuadé avec l'Apôtre qu'une goutte de votre sang précieux suffit pour me laver de mes souillures et me rendre agréable à votre divine majesté. Souvenez-vous, ô bon Jésus! que vous n'avez pas voulu nous laisser orphelins sur cette terre d'exil; mais qu'après avoir consommé sur le Calvaire le grand ouvrage de notre rédemption, vous avez bien voulu encore renouveler chaque jour sur nos autels le sacrifice auguste de votre corps et de votre sang pour nous consoler dans la vie présente et nous rendre dignes plus tard des joies du paradis. Ainsi soit-il.

PRIÈRE A SAINTE REINE.

Humblement prosterné devant votre image miraculeuse, je vous adresse cette prière, ô Reine! vierge et martyre, pour vous témoigner toute la confiance que j'ai dans votre puissante protection. Je suis heureux aujourd'hui d'avoir quitté le bruit du monde et le tracas des affaires pour rentrer en moi-même et me recueillir quelques instants au pied de vos autels, afin d'obtenir par votre entremise tant de grâces dont j'ai

un besoin si pressant. Je sais, ô grande sainte!
que j'ai péché contre le Ciel et contre vous:
contre le Ciel, en violant la loi de mon Dieu;
contre vous, en méprisant les salutaires inspi-
rations que vous n'avez cessé de me suggérer en
vue de mon salut. Je reconnais sincèrement
mes erreurs, et je prends la ferme résolution de
mieux vivre désormais; donnez-moi vous-même
un plus grand désir pour le bien avec les forces
nécessaires pour l'accomplir. Accordez la même
faveur à toutes les personnes qui me sont atta-
chées par les liens du sang ou qui me sont chères, à quelque titre que ce soit; je vous prie
aussi selon les intentions de la sainte Eglise, et
généralement pour tous ceux qui se recommandent à mes prières ou pour lesquels je serais
obligé de prier. Et pour vous faire une sainte
violence, souvenez-vous, ô pieuse Reine! qu'on
n'a jamais invoqué en vain votre assistance auprès du Père des miséricordes; et ce saint lieu
lui-même où je suis prosterné, proclame assez
haut les nombreux bienfaits que le Seigneur accorde à tous ceux qui vous invoquent avec foi
et piété. C'est avec la même confiance que je
m'adresse à vous en ce moment. Voyez mes larmes et l'oppression de mon cœur; voyez les
peines et les misères qui m'accablent... Secou-
rez-moi, auguste patronne! obtenez-moi sur-

tout la grâce particulière qui fait l'objet de cette visite (*ici, nommez le bienfait que vous désirez obtenir*). Je vous la demande, cette faveur, au nom de mon Sauveur Jésus, qui m'a dit dans son Evangile : Demandez et vous recevrez ; et c'est dans ce but que je vais réciter les deux prières les plus parfaites que l'Eglise met dans la bouche de ses enfants. *Pater, Ave*, ou Notre Père et Je vous salue, etc.

Je mets le tout entre vos mains divines, ô ma bonne et tendre Mère !

Sub tuum præsidium confugimus, sancta Dei genitrix, nostras deprecationes ne despicias in necessitatibus nostris, sed à periculis cunctis libera nos semper, Virgo gloriosa et benedicta. Amen.

Ou bien en français :

Nous nous réfugions sous votre protection, ô sainte mère de Dieu ! ne méprisez pas les prières que nous vous adressons dans nos nécessités ; mais délivrez-nous toujours de tout danger, ô Vierge glorieuse et bénie ! Ainsi soit-il.

PRIÈRE A LA FONTAINE DE SAINTE REINE.

C'est avec un profond respect, ô sainte Reine ! que je visite la fontaine salutaire qui porte votre nom béni. Cette eau me rappelle la source plus miraculeuse encore qui jaillit à l'endroit où vous consommâtes votre glorieux martyre; faites que cette onde, image de la divine grâce, purifie mon âme, en même temps qu'elle me procurera la santé du corps. Dieu semble avoir attaché à cet élément des grâces spéciales pour la sanctification des hommes. C'est par l'eau, en effet, que nous naissons à la vie surnaturelle, et l'Eglise l'emploie à la célébration des saints mystères, en mémoire de ce qui se passa sur le Calvaire, alors que le cœur de Jésus, tout épuisé de sang, ne donnait plus que quelques gouttes d'eau, selon le témoignage du disciple bien-aimé. Ainsi, le Seigneur est admirable dans toutes ses œuvres, et tout est possible à celui qui croit : donnez-moi seulement, ô sainte Reine! cette foi vive qui vous rendit invincible au milieu des plus cruels tourments, et j'obtiendrai de Dieu tout ce que je lui demanderai par votre puissante intercession, et au nom de son divin Fils Notre-Seigneur Jésus-Christ, qui vit et règne dans les siècles des siècles. Ainsi soit-il.

LITANIES DE SAINTE REINE.

Elles étaient chantées tous les soirs à quatre parties par les religieux qui desservaient la chapelle d'Alise, devant l'autel où était l'image miraculeuse de la sainte, pour satisfaire à la dévotion des pèlerins, des malades et des autres personnes de pitié.

Kyrie, eleison,
Christe, eleison,
Christe, audi nos,
Christe, exaudi nos,
Pater de cœlis Deus,
Fils, redemptor mundi, Deus,
Spiritus sancte, Deus,
Sancta Trinitas, unus Deus,
Sancta Maria,
Regina martyrum,
Regina virginum,
Sancta Regina, virgo et martyr,
Sancta Regina, stirpe nobili exorta,
Sancta Regina, fide quam genere nobilior,
Sancta Regina, mundi contemptrix,
Sancta Regina, sponsa Christi formosissima,
Sancta Regina, certamini mox matura,

Mis. nob.

Ora pro nobis

LITANIES DE SAINTE REINE.

Seigneur, ayez pitié de nous.

Jésus-Christ, ayez pitié de nous.

Seigneur, ayez pitié de nous.

Jésus-Christ, écoutez-nous.

Jésus-Christ, exaucez-nous.

Père céleste, qui êtes Dieu, ayez pitié de nous.

Fils rédempteur du monde, qui êtes Dieu, ayez pitié de nous.

Esprit-Saint, qui êtes Dieu, ayez pitié de nous.

Trinité sainte, qui êtes un seul Dieu, ayez pitié de nous.

Sainte Marie, priez pour nous.

Reine des martyrs,

Reine des vierges,

Sainte Reine, vierge et martyre,

Sainte Reine, issue d'une famille illustre,

Sainte Reine, plus noble par votre foi que par votre origine,

Sainte Reine, éclatante épouse du Christ,

Sainte Reine, qui avez méprisé le monde,

Sainte Reine, mûre de bonne heure pour le combat,

Priez pour nous.

Sancta Regina, catenis contrita et flagellis
caesa,

Sancta Regina, flammis exusta et aquis im-
mersa,

Sancta Regina, carcere detrusa et à Deo
consolata,

Sancta Regina, gladio percussa,

Sancta Regina, tormentis fortior,

Sancta Regina, ad lauream vocata,

Sancta Regina, ab angelis assumpta,

Sancta Regina, bonorum aeternorum hae-
res fortunata,

Sancta Regina, salus aegrotantium et cura-
trix vulnerum,

Sancta Regina, ad te confugientium advoca-
ta,

Sancta Regina, patrona nostra dilecta,

O cujus ossa Dominus liberavit! intercede
pro nobis,

O quae benedicta venisti in nomine Domini!

O cujus faciem deprecatur turba fidelium in-
numera!

O gloriosa sancta nostra Regina!

O dulcissima sancta nostra Regina! —

O charissima sancta nostra Regina!

Ora pro nobis.

Intercede pro nobis.

Sainte Reine, chargée de chaînes et déchirée de verges,

Sainte Reine, consumée par les flammes et plongée dans l'eau,

Sainte Reine, jetée en prison et consolée par Dieu,

Sainte Reine, frappée du glaive,

Sainte Reine, plus forte que les tourments,

Sainte Reine, couronnée des lauriers de la victoire,

Sainte Reine, portée dans les cieux par les anges,

Sainte Reine, héritière fortunée des biens éternels,

Sainte Reine, la guérison des blessures et le salut des infirmes,

Sainte Reine, l'avocate de ceux qui ont recours à vous.

Sainte Reine, notre bien-aimée patronne,

O vous! dont le Seigneur a délivré les ossements de l'oubli du tombeau,

O protectrie bénie! qui êtes venue à nous au nom du Seigneur,

O vous dont la foule innombrable des fidèles invoque l'assistance!

O Reine! notre glorieuse sainte!

O Reine! notre très-douce sainte!

O Reine! notre bien-aimée sainte!

Priez pour nous.

Intercédez pour nous,

Agnus Dei, qui tollis peccata mundi, parce nobis
Domine.

Agnus Dei, qui tollis peccata mundi, exaudi nos,
Domine.

Agnus Dei, qui tollis peccata mundi, miserere
nobis.

Jesu, audi nos.

Jesu, exaudi nos. — Pater noster, etc.

(On chante ensuite l'antienne suivante pour satisfaire aux
neuvaines et aux autres prières particulières que l'on fait dire
par dévotion).

ANTIENNE.

Ave Regina, vas munditiæ, civis Alesiæ et
decus eximium, de Christo benè merita ; et quia
pro amore ejus animam tuam posuisti, ideò pa-
rata est tibi corona gloriæ et apertus paradisus :
suscipe preces quas hic perfundimus, ut di-
vino numine æternâ tecum luce perfruamur.

℣. Ora pro nobis, beata virgo et martyr Regina.

℟. Ut digni efficiamur promissionibus Christi.

OREMUS.

Omnipotens sempiterne Deus, qui nos beatæ

Agneau de Dieu, qui effacez les péchés du monde, pardonnez-nous, Seigneur.

Agneau de Dieu, qui effacez les péchés du monde, exaucez-nous, Seigneur.

Agneau de Dieu, qui effacez les péchés du monde, ayez pitié de nous.

Jésus-Christ, écoutez-nous.

Jésus-Christ, exaucez-nous.

Notre père etc.

ANTIENNE.

Je vous salue, Reine, vase de pureté, gloire de la cité d'Alise; vous avez bien mérité de Jésus-Christ; et parce que vous avez donné votre vie pour son amour, une couronne vous a été préparée, et la porte du ciel a été ouverte pour vous recevoir. Ecoutez les prières que nous déposons à vos pieds, et faites que par votre secours nous puissions jouir avec vous de la lumière éternelle.

ɏ. Priez pour nous, sainte Reine, vierge et martyre.

ɴ. Afin que nous soyons dignes des promesses de Notre-Seigneur Jésus-Christ.

PRIONS.

Dieu éternel et tout puissant, qui voulez bien

Reginæ virginis et martyris tuæ confessione inclytâ circumdas et protegis, præsta nobis ejus imitatione proficere et oratione muniri. Per Christum Dominum nostrum, etc.

HYMNUS IN HONOREM BEATÆ REGINÆ.

(Imitée de l'hymne que Vida composa sur sainte Marguerite, et à laquelle nous avons emprunté différents passages à cause de la parfaite ressemblance qu'eurent ces deux saintes dans leur destinée.)

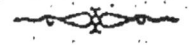

Te, virgo et martyr, quam dives Alesia quondam

Antiquâ genuit procerum de stirpe parentum;

Te, Regina, canam, nomenque Arvernia tollet,

Si modò tu præsens adsis de vertice cœli,

Præsidiumque velis certum indulgere precanti;

Id munus quoniam nostris est viribus impar.—

O decus eximium, quali te dicere laude

Incipiam ? Neque enim tibi gloria præstitit unquàm,

nous mettre sous la glorieuse protection de sainte
Reine, vierge et martyre, donnez-nous la force
de l'imiter et faites que nous soyons défendus
par ses prières. Par Jésus-Christ Notre-Seigneur
qui vit et règne dans tous les siècles. Ainsi soit-il.

HYMNE EN L'HONNEUR DE SAINTE REINE.

Je vous chanterai, ô Reine! vierge et martyre, vous que l'opulente Alise vit sortir autrefois d'un sang noble et antique ; je vous chanterai, et l'Auvergne exaltera votre nom, si du
haut du ciel où vous régnez, vous daignez jeter
sur moi un regard de bienveillance et accorder
à mes prières le secours que réclame ma faiblesse; car cette tâche est au-dessus de mes
forces. O vous! qui fûtes l'honneur de votre patrie, par quelles louanges commencerai-je à célébrer vos vertus? Vous n'eûtes jamais de rivale
en gloire, et les cités gauloises ne produisirent
jamais une renommée aussi éclatante. Dès votre

Nec Gallorum alias par fama inventa per urbes,

Christiadum legem à teneris , nutrice docente,

Accipis, integramque tenes sub pectore firmo;

Paternisque procul tectis discedere gaudes,

Servilique pecus ruri compellere hibisco

Ipsa greges, oblita fidem quàm prodere Christi.

Hinc pater iratus te , spreto numine divûm,

Insequitur, sacra naturæ nec jura veretur.

Mox quoque tentabunt animos mala turba potentûm,

Carnificesque tuum corpus cum pectine haeno

Dilanient tenerum , flammasque ad membra movebunt.

Quid tamen, auxiliante Deo , Regina , timeres?

Sævitur incassùm : tua mens immota manebit.

Non te crudelis valuit vis ulla tyranni

Vertere, non diræve minæ flexere precesve ;

Non ingens auri pondus, non munera opima,

Ille tibi , ille ferox ardebat Olybrius igni,

Optabatque tuos thalamos accensus amore ;

Tu vero tales nunquam dignata hymenæos ,

Æternasque faces olli præponere flagrans,

Regi cœlicolùm formam mentemque sacraras.

Pro quo etiam magnos voluisti ferre labores.

Hunc unum suspirabas, hunc scilicet unum

bas âge, instruite par votre nourrice, vous recevez la loi des Chrétiens et vous la gravez dans votre cœur d'une manière ineffaçable, heureuse de quitter le toit paternel et de faire paître les troupeaux dans les champs, comme une esclave, plutôt que d'oublier et de trahir la foi du Christ ! Aussi votre père, voyant ses dieux méprisés, vous poursuit-il de son courroux, sans respect pour les droits sacrés de la nature. Bientôt la foule perverse des méchants viendra tenter votre constance ; les bourreaux déchireront votre chair délicate avec un fer cruel, et vos membres deviendront la proie des flammes.

Ne craignez rien cependant, ô Reine ! Dieu sera votre appui. Les hommes séviront en vain ; votre cœur demeurera inébranlable. Ni la violence d'un tyran emporté, ni ses menaces, ni ses prières, ni son or, ni ses présents ne pourront fléchir votre volonté. Olibrius, le féroce Olibrius, épris de vos chastes attraits, aurait voulu unir sa destinée à la vôtre ; mais vous avez repoussé avec mépris son ardeur insensée, et lui préférant les joies plus pures du ciel, vous avez consacré au roi immortel des siècles et votre cœur et votre beauté ; pour lui aussi vous avez supporté les épreuves les plus terribles ; vous ne soupiriez qu'après lui seul ; nuit et jour il faisait seul l'objet de vos pensées. Que dis-je ?

Noctes atque dies infixum mente gerebas.

Quin autem verâ pro relligione tuendâ,

Ultrò læta dares gladio quum colla secanda,

Hunc unum exiliens caput è cervice vocabat.

Qui tegit insontem per tot discrimina rerum,

Audiit intereà Deus, et non immemor actæ

Virtutis, dignæ largitur præmia palmæ,

Sidereasque dedit sursùm regnare per oras,

Felices populi degunt ubi morte carentes,

Numinis et pascunt optato lumina vultu.

Hic tibi celsa domus ; molemque et corporis artus

Hic habitas exuta : istinc mortalia regna

Sub pedibusque vides varii spectacula mundi.

Jerusalem sanctas si quando vocantur in ædes

Cœlicolæ, festosque dies in sedibus altis

Forsan agunt, cinctæque oleâ felice puellæ,

Mille ruunt, quà læta magis plaga lucida cœli,

Ipsa venis, formâ ante alias spectabilis omnes.

O martyr, confessa Deum, ô pulcherrima virgo !

Ecce chorus sanctorum, aulæ stellantis alumni,

lorsque, pour la défense de votre sainte religion, vous tendîtes joyeuse votre tête au tranchant du glaive, votre bouche répétait encore le nom de votre divin Epoux.

Cependant, Dieu, qui protége l'innocence au milieu de tous les dangers où elle est exposée, entendit vos soupirs, et se rappelant ce courage que vous avez montré parmi tant de persécutions, il vous accorda une récompense digne de vos travaux, en vous ménageant une place au céleste sejour ; dans cette terre des vivants où règne un peuple de bienheureux exempts des angoisses de la mort et toujours plongés dans une lumière ineffable. C'est là qu'est le trône qui vous était destiné ; c'est là que vous habitez après avoir déposé les haillons de votre dépouille mortelle ; c'est de là, de ces collines éternelles, que vous contemplez maintenant sous vos pieds les richesses et les merveilles du monde.

Si parfois les habitants des cieux sont appelés sous les parvis de la Jérusalem d'en haut, pour y célébrer des fêtes en l'honneur du Tout-Puissant, et que des milliers de jeunes vierges se précipitent à travers les brillantes voies du firmament, vous y venez, vous aussi, et vous l'emportez en beauté sur toutes vos heureuses compagnes. O martyre ! qui avez confessé votre Dieu avec tant de constance ! ô la plus belle des Vier-

Cara Dei soboles, urgent vestigia plausu;

Candidaque effundunt manibus tibi lilia plenis

Sub pedibus capitique addunt redolentia serta.

Quid dicam? tibi partitur sanctissima curas

Æterni regis genitrix, domina ætheris alti;

Nec mirum! in terris tantâ pietate colebas!

Nos ambæ aspicitis simul arcetisque periclis.

Nec tua adoravit frustrà unquam numina quisquam.

Qui terram patiens ægrè molitur aratro

Agricola, infusis jam pridem semine sulcis,

Et quum præcipitant densis de nubibus imbres,

Messemque et fructus sternit latè horrida grando;

Nec non quum nimio tellus incanduit æstu,

Altari votiva tuo sua dona reponit.

Te juvenis cæcâ belli si sorte vocatur,

Signave ferrejuvet solumve relinquere patrem

Ipse neget; te sollicitè, Regina, precatur.

Quæ nunquam statuit sese sociare puella

Conjugio, castumque animo servare pudorem,

Illa suum mandat tibi virginitatis honorem.

Te matres facilem in partu, jam mensibus actis,

Agnoscunt, mediâque vocant in morte jacentes,

Incolumesque docent gnatas connubia nondum

ges! le chœur des saints, tous les princes de la
cour étoilée, toute cette famille enfin bénie de
Dieu, se presse sur vos pas et applaudit à votre
triomphe; sous vos pieds, ils jettent les lis à
pleines mains; sur votre tête, ils déposent des
couronnes odoriférantes. Qu'ajouterai-je? L'auguste Mère du Roi des cieux, la reine de l'empire
éthéré, vous prodigue elle-même ses soins les
plus empressés. Qui pourrait s'en étonner? Vous
aimiez Marie d'une piété si tendre, lorsque vous
étiez sur la terre! Ah! jetez sur nous, toutes
deux, un regard favorable, et préservez-nous de
tant de dangers qui nous menacent. Non, jamais
personne n'invoqua en vain votre puissante protection. — Le patient laboureur qui traîne avec
effort la charrue dans son champ, voit-il se précipiter du haut des nues, sur le sillon qu'il a
fécondé de ses sueurs, des pluies malfaisantes ou
une tempête désastreuse qui ravage sa moisson
et ruine ses espérances? Voit-il le même sillon
dévoré par les ardeurs d'un soleil implacable?
Aussitôt il dépose sur vos autels le gage de sa
confiance et de son amour. Le jeune homme, au
moment de déposer sa main dans l'urne où s'a-
gite le sort aveugle des combats, soit qu'il se
fasse une joie véritable de s'engager sous les
drapeaux de la patrie, ou bien qu'il refuse de
laisser seul son vieux père au foyer domestique,

Expertas, primis tua templa invisere ab annis

Sic te quisque sibi supplex implorat ad aras :
Omnibus illa patet tua summa potentia nobis.

Salve igitur, nostri decus et pia gloria montis !
Salve, ô præsidium et dulcis fiducia nostra !

Hùc ades; et quamvis alibi majoribus aris
Templa tibi fumant cœloque minantia tecta,
Nec tamen ex longo adductam tibi sperne Virarguam (1);

(1) Nom de la paroisse où sainte Reine est principalement
honorée.

ô Reine! c'est à vous qu'il adresse ses prières les plus ferventes. La jeune fille qui préfère aux liens du mariage les douceurs de la virginité, implore aussi votre secours pour se conserver sans tache au milieu d'un siècle corrompu. Au terme de leurs mois laborieux, les mères reconnaissent vos bienfaits dans les douleurs de l'enfantement; elles vous invoquent même dans les bras de la mort, et se voyant exaucées, elles recommandent à leurs jeunes filles qui n'ont pas encore éprouvé les angoisses de la maternité, de fréquenter dès leurs premiers ans les temples élevés à votre honneur, afin de vous rendre propice au jour du danger.

C'est ainsi que chacun accourt en suppliant au pied de vos autels; c'est ainsi que vous manifestez pour tous la toute - puissance que vous tenez de Dieu.

Salut donc, ô gloire et honneur de nos pieuses montagnes! Salut, ô vous qui êtes notre appui et notre plus douce espérance!

Prêtez à nos vœux une oreille attentive, et quoique vous ayez ailleurs des sanctuaires plus magnifiques, où l'on brûle les parfums les plus précieux, ne méprisez pas toutefois cette humble Virargue qui vous est dévouée depuis si longtemps; mais plutôt, toutes les fois

Sed quoties merito sacras veneremur honore
Relliquias, laudesque tuas in plebe canemus,
Læta veni, et facilis jam nostris annue votis.
Aspice ut innumerus passim circumvenit hostis :
Nunc his, nunc illis petimur; nos undique bella
Sæva premunt; iterum atque iterum victoris iniqui
Præda sumus, nullamque licet sperare salutem,
Ni faveas, fortisque alto de vertice pugnes.
Denique tu rerum fessis, ah! porrige dextram;
Et vitæ suprema tuis quum venerit hora,
O bona! da nobis patriâ consistere tecum
Communi, et grato satiari lumine Christi. Amen.

que nous honorerons vos saintes reliques d'un culte particulier, et que nous chanterons vos louanges au milieu du peuple fidèle, oh! descendez au milieu de nous et montrez-vous docile aux prières que nous vous adressons. Voyez combien d'ennemis nous environnent: nous sommes attaqués de toute part; le démon nous fait une guerre cruelle. Mainte fois nous devenons les victimes d'un injuste vainqueur, et il ne nous est pas permis d'attendre une lueur de salut, si du haut des cieux vous ne combattez vous-même pour vos faibles enfants. Tendez-nous donc une main secourable au milieu de tant de peines qui nous accablent dans la vie; et, lorsque enfin aura sonné notre dernière heure, ô aimable patronne! faites que nous arrivions avec vous dans la patrie commune, et que nous soyons rassasiés avec vous de la lumière de Jésus-Christ. Ainsi soit-il.

HYMNE A MARIE.

M. Maury dont les conseils nous ont été si utiles dans la rédaction de ce petit travail, a voulu donner un nouveau mérite à notre livre, en nous permettant de publier une de ses plus belles pièces religieuses; pièce dans laquelle M. Maury ne trouva point de rivaux dignes de concourir avec lui: ce sont les propres expressions du rapporteur dans le compte rendu des Jeux Floraux, en 1852. Il nous semble très-convenable de consacrer, à la suite de la biographie de sainte Reine, une page à celle qu'elle avait tant aimée durant le cours de sa vie mortelle.

LE LIS VIVANT OU L'ANNONCIATION.

Ave gratiâ plena.

Un lis qui devient femme en restant lis encore.

V. Hugo.

Il est une vallée, à mes yeux sans égale,
Où, près du vieux tilleul qu'arrose un pur ruisseau,
Enfant, je m'éveillais au chant de la cigale,
Qui se cachait sous mon berceau.

Que mes jours y coulaient pleins de charmantes
[choses!
Oh! qu'il m'est doux, souvent, de rêver que je bois,
Au calice des fleurs, dans la rosée écloses
    Sous la fraîche haleine des bois!

Le lis ouvre à l'aurore, ainsi qu'une corbeille,
Sa corolle d'argent aux étamines d'or,
Où la brise se joue à balancer l'abeille,
    Qui s'enlève et se pose encor.

Mon doigt timide expie une audace enfantine,
Quand, tout petit, je veux, en allongeant la main,
Dans la haie odorante atteindre à l'églantine
    Qui s'effeuille sur le chemin.

Mais de quelque beauté que l'aube vous décore,
Fleurs, filles du matin, que le soir fait mourir,
Dans mon âme j'en vois une plus belle encore
    Et qui doit à jamais fleurir.

Plus fraîche que la fleur de la fraîche aubépine,
Etoile épanouie au souffle matinal;
Que la rose entrouvrant, à l'abri de l'épine,
    L'éclat d'un bouton virginal.

Plus pure que le lis dont la tunique blanche
Eclate aux longs baisers de la brise du ciel,
Et réfléchit dans l'onde un calice qui penche,
    Chargé de rosée et de miel.

Merveille de la terre, à la terre inconnue,
Souvent les séraphins du haut des saints parvis
Descendent ; et, penchés sur les bords de la nue,
    Là contemplent longtemps, ravis.

Et l'œil voit rayonner, innombrables phalanges,
Dans l'azur entr'ouvert comme un rideau mou-
                      [vant,
Des cercles infinis de blondes têtes d'anges,
    Auréole du lis vivant.

Le son des harpes d'or à leur voix se marie ;
Un nom, de chœur en chœur jusqu'au ciel répété,
Se prolonge ; et ce nom, si beau, si doux : Marie !
    Fait tressaillir l'immensité.

Voilà qu'un messager de leurs rangs se détache,
Et, rapide, déploie un vol mélodieux ;
Des anges le plus beau devant le lis sans tache
    Incline son front radieux.

Et se voilant d'une aile, il dit : « Je vous salue,
Pleine de grâce ! en vous est le Dieu trois fois saint,
Soyez bénie, ô femme entre toutes élue,
    Comme le fruit de votre sein ! »

A ces mots : « Du Seigneur voici l'humble ser-
                      [vante, »
L'ange au divin séjour remonte plus joyeux ;
Et le ciel applaudit, et l'enfer s'épouvante ;
    Et la Vierge baisse les yeux.

TABLE

DES

Clermont, typ. Hübler, Bayle et Dubos.

www.ingramcontent.com/pod-product-compliance
Lightning Source LLC
Chambersburg PA
CBHW070904030726
47504CB00005B/1445